勘違いパパの溺甘プロポーズ

～シークレットベビーのママは私じゃありません！～

m a r m a l a d e b u n k o

JN052394

マーマレード文庫

目次

勘違いパパの溺甘プロポーズ
～シークレットベビーのママは私じゃありません！～

勘違いパパの溺甘プロポーズ

～シークレットベビーのママは私じゃありません！～

プロローグ

「緊張、してる？」

バーカウンターの向こうで、市岡晃《いちおかあきら》が微笑んでいる。

問われるまでもなく、安原映理《やすはらえり》の指先は少し震えていた。

男性とふたりきりで夜を過ごすことも、こんな素敵なホテルに宿泊することも初めてだったから無理もない。

「……うん」

晃は笑みを浮かべたまま、優しく答える。

「大丈夫だよ。取って食おうってんじゃないんだから」

きっと晃の言うことは本当だろう。三十代半ばという年齢もあるだろうが、彼はずっと紳士だった。出会った瞬間から、今日この日に至るまで。

海外でインテリアデザインを学びたい――。

街の小さな工務店でインテリアコーディネーターをしていた映理は、一年間休職して自由の国、アメリカにやってきた。留学するなら二十五歳の今が一番いいタイミングだと思ったのだ。

職場に無理を言ったこともあり、映理の毎日は勉強漬け。たまに美術館や図書館に行くことがあっても、基本は寮と大学を往復するばかりだ。

それに不満はなかったけれど、晃は「もったいない」と言った。

日本じゃできない経験をして、もっと知見を広げるべき。晃はそう主張して、留学中で金銭的に余裕のない映理を、いろいろな場所に連れて行ってくれた。

歴史あるマーケットを歩き、本場のミュージカルを観劇し、クラブでジャズに耳を傾け……。

映理がここまで気を許し、信頼を寄せた男性は晃の他にはいない。もう何年も一緒にいると錯覚してしまうほど、濃密で得がたい三ヶ月を過ごしてきた。

そして今日はフェリーに乗って、とある島に渡ったのだ。

ホエールウォッチングをしたり、シーカヤックを楽しんだり。リゾート気分を満喫して、そのまま帰るものと思っていたから、宿をとっていると言われてびっくりしてしまった。

日帰りをするには遠い場所だし、よくよく考えれば気づけたのかもしれないけれど、映理は島での体験に夢中になっていたのだ。

もちろん晃はふた部屋とってくれていたし、なんの問題もないのだが、彼の部屋で向かい合っていると、やはりドキドキしてしまう。

日中のカフェなら弾んでいるはずの会話も、今夜は途切れがち。晃に悪いと思いながら、映理の唇は強ばっている。

「何か、飲まないか？」

晃が高級酒の並ぶ棚を横目でチラッと見た。喉はとても渇いている。でもお酒を飲んでしまっていいのだろうか。

「俺は酔いたい気分なんだけど」

映理の答えを促すように、晃が言った。筋肉質で厳《いか》つい顔の彼だが、軽く首を傾げる仕草は、どこか可愛らしい。

いつも真っ直ぐこちらを見る晃と、今夜はあまり視線が合わない。彼も映理と同じように、緊張している気がしてちょっと安心した。

「じゃあ私も、飲もう、かな」

晃がホッとした表情を浮かべ、映理に尋ねる。

「何がいい？」

「飲みやすいお酒なら、なんでも」

「だったら甘口の、白ワインにしようか」

手際よくコルク栓を抜き、ワイングラスになみなみと注《そそ》ぐ。晃も飲むのかと思ったら、自身はバーボン・ロック。

乾杯も何もなく、晃は最初の一杯を一気に飲み干した。彼の豪快な飲みっぷりに驚きつつ、映理もワインを飲む。

ひと口なのに、身体が熱くなるのを感じた。もう酔いが回ってきたのだろうか。

「今日は、どうだった？」

強いお酒を飲んでも、晃の顔色に変化はない。鼻筋の通った野性的なルックスの彼だから、想像どおりとも言える。

「すごく楽しかった」

「どんな風に？」

晃が身を乗り出し、映理の顔をのぞき込んだ。こんな距離は初めてで、鼓動が激しくなる。近すぎて、恋人同士になったみたいだ。

この国でも有数の高級ラグジュアリーホテルで働く晃と、留学中の映理じゃそんな関係に発展するはずもないのに、胸がときめくのを抑えられない。

映理は気持ちの昂《たか》ぶりを隠すように、そっと目をそらして答えた。

「ぁ、えっと、間近で見るクジラはすごく迫力があって、やっぱり水族館とは違うなって」

ふいに晃が映理の手を掴んだ。彼女はびっくりして、彼の顔を見る。ふたりの視線がぶつかり、彼が口を開いた。

「あのさ、勝手に宿をとったこと、怒ってる?」

映理は目を瞬《またた》かせ、空いているほうの手を左右に振った。

「怒ってなんて……。むしろ申し訳ないくらい。ここは人気のリゾート地だし、ふた部屋もとるのは大変だったでしょ?」

「本当は、ひと部屋にしようか迷ってた」

「え?」

一瞬聞き間違えたのかと思ったけれど、そうじゃなかった。

わずかに震える晃の手からは緊張が伝わり、赤い顔はお酒のせいとは思えない。彼が一大決心をして、その言葉を口にしたのがわかるのだ。

晃はゆっくり映理の手を離し、またバーボンをあおった。手の甲で口を拭い、恥ずかしそうにつぶやく。

「酒の力を借りなきゃ言えないなんて、俺もどうかしてるよな」

熱っぽく揺れる晃の瞳。彼はこれから何を言うつもりなのだろう。

聞きたいのに聞くのが怖かった。兄と妹のように、穏やかなふたりの仲が壊れてしまうような気がして。

「俺と、付き合ってくれないか」

厳《おごそ》かで神聖な告白は、秘められた想いを解き放つ儀式のようだった。

しかし晃から解放感は感じられず、落ち着きなく手を組み直す仕草は、普段どっしり構えている彼には似合わない。

動揺、あるいは不安といった感情が、晃の手元から滲《にじ》み出ている。

いくら映理でも、この状況で「どこに？」なんて聞けなかった。恋人としてだということくらい、晃の切羽詰まった表情を見ればわかる。

喜びは、あった。

晃と過ごす時間は本当に楽しくて、いつもあっという間に過ぎてしまった。彼の気遣いや労《いたわ》りが伝わるたびに、もっと一緒にいられたらと思ってきた。

「でも、私はあと数ヶ月したら、日本に戻らなきゃ」

映理の答えは以前と同じ。晃だってわかっているはずだ。彼は寂しそうに、グラスを握りしめる。

「……だからずっと、言えなかった。遊びだと思われそうで」

苦渋の色を浮かべた晃を見れば、真剣な想いは伝わってくる。彼の気持ちを疑ってはいないけれど、映理が迷うのは留学中だからというだけじゃない。

映理はこの年齢になるまで、男性と交際したことがないのだ。

学生の本分は勉強だと素直に信じてきたし、就職してからはインテリアコーディネーターとして仕事に邁進《まいしん》してきた。もちろんその間、一度も恋をしなかったわけじゃないけれど、想いを伝えようとはしてこなかった。

映理が返事に窮《きゅう》しているからか、晃が諦めたように力なく笑う。

「困らせて、悪かった。今のは忘れてくれ」

晃はそこで言葉を切り、普段どおりの笑顔と親切さで付け加える。

「部屋に戻って、身体を休めるといい。今日は疲れただろ?」

どう、しよう。

このまま去ってしまったら、後悔しないだろうか?

晃は優しいから、きっとこれまでと変わらない関係を続けられるだろう。映理が帰国する、その日まで。

でも映理自身が、そんな関係を許せない。今までだって申し訳なく思ってきたのだ。

晃の気持ちを拒絶しておいて、好意に甘えるなんてできるわけがない。

もう会わないようにするしか――。

そこまで考えたところで、映理は愕然《がくぜん》とした。突然大きな喪失感が彼女を襲い、両手で自分を抱きしめる。

晃のいない週末に、多分映理は耐えられない。こちらに来たばかりの頃は、それが普通だったのに、今はどんな風に過ごしていたかも思い出せないのだ。

この三ヶ月、次に晃と会える日を待ちわびながら、ウイークデーを乗り切る日々だった。勉強を疎《おろそ》かにしていたわけじゃないけれど、意識の中心にあったのは週末であり、彼だった。

いつの間に、晃の存在がこんなに大きく？

戸惑いながらも、映理の気持ちはハッキリしていた。晃を失いたくない。彼と同じ時間を過ごしたい。

愛して、いるのだ。晃を。

映理は自分の感情を悟って、赤面してしまう。晃はそんな彼女の様子には気づかないようで、またグラスにバーボンを注いでいる。

「私なんかで、いいの？」

映理が怖ず怖ず尋ねると、晃は不機嫌さを隠さずに答えた。

「そういう言い方、よくないよ。映理はもっと自信を持たなきゃ。健気に頑張るところも、一生懸命なところも、仕事への向き合い方だって、俺は全部好きだ」

徐々に声が小さくなっていったのは、恥ずかしがっているからだろうか。平素の晃らしさは消えて、うつむき加減でグラスの縁を撫でている。

映理への愛が、晃をこんなにまで変化させているとしたら、その想いがどれほど強いかよくわかる。

でも最後に、もう一度だけ。晃の気持ちを確認したかった。

「本気、なの？」

試すような映理の問いかけにも、晃は気分を害した様子はなかった。

「じゃなきゃ、こんな格好悪い飲み方しないよ」

バーボンの瓶をカウンターに置き、晃は自嘲気味に笑う。

「いい加減な気持ちじゃない。次会うときは、両親に紹介したいと思ってた」

晃はそこまで考えてくれていた。映理は動揺したものの、彼の覚悟を肌で感じて、自分もまた態度を決めなければと思った。

映理はグラスを手に取り、残ったワインをグビグビと飲み干す。空のグラスを置くと、頭がクラッとした。

「おい、映理」

心配そうな晃に向かって、映理は思い切って告白する。

「私、晃と付き合いたい！」

喜んでくれると思ったのに、晃の表情は晴れない。映理を気遣う様子で、ゆっくり慎重に尋ねる。

「無理、してるんじゃないか？」

映理はぶんぶんと首を振って答えた。

「そんなことない。晃とずっと一緒にいたいって、思ったから」

晃が映理の頬に触れ、顔を近づけてきた。逃げようと思えばできたのに、目もそらせない。ふたりの唇が重ねられ、バーボンの香りが鼻腔をくすぐる。

「付き合うって、こういうことだよ？」

初めてのキスは、アルコールが溶けた、大人の味がした。晃の触れ方は慈しむようで、映理の不安を取り除いてくれる。

「わかってる、よ」

ドキドキしながら答えると、晃がカウンターを回って、こちらにやってきた。隣に腰掛け、映理を見つめる瞳はじっと動かない。

「無計画に飲みすぎちまった」

「う、うん？」

後頭部に手を回され、再び唇が奪われた。今度は歯列をこじ開けられ、晃の舌先が口腔を野獣のごとく暴れ回る。

「……っ、ちょ、ぁ……」

初体験のフレンチキスに、映理の頭は真っ白になっていた。晃に頭を支えられていなかったら、後ろに倒れてしまっていたかもしれない。

キスは挨拶の延長で、もっと軽いものだと思っていたのに。晃のキスはひどく甘くて、映理を心身ともに乱れさせる。

「待っ、て……、ん、ぅ」

晃がようやく映理を解放してくれたが、まだ顔は近い。彼は荒い息遣いで、狂熱を帯びた表情を浮かべている。

「ごめん、止められない。……嫌、か？」

切なく濡れた瞳の奥にあるのは、怯えのようだった。なぜと思うけれど、晃は映理が拒むことを恐れているのだ。

熱い吐息はせわしなく揺れ、晃が映理をどれほど求めているかを伝えてくれる。彼のひたむきな想いは嬉しいものの、急すぎて困惑してしまう。

「嫌じゃない、けど。あんまり不意、だったから」

正直な気持ちを打ち明けると、晃の指先が映理の前髪を掻き上げる。

「俺はめちゃくちゃ待ったんだけど」

「そう、なの？」

知らなかった。映理が気づかなかったのは、彼女が鈍感だったからか、晃の強い自制心のせいだったのか。

わからないけれど、晃が辛い思いをしてきたのは間違いない。

「ごめん、なさい」

「謝ることじゃない。酔って自分を抑えられない俺が、悪いんだ」

晃が映理から離れようとしたので、彼女はとっさに彼の腕を掴んだ。思わず手が出てしまったのは、離れたくなかったから。

映理もまた、自分を抑えられないことを自覚していた。

「私も今夜は酔ってる、から」

どう言えばいいかわからず、中途半端な台詞が口から出てしまう。晃は首を傾《かし》げ、映理はためらいながらも、溢れ出る気持ちを言葉にする。

「抑えなくても、いい、んじゃない、かな？」

クスッ、と晃が笑った。

次の瞬間、映理の身体がふわりと持ち上がり、おでこ同士が軽く触れ合う。

「後悔、しない？」

即答はできなかった。でも、迷いはない。

「信じてるから」

映理の言葉で、晃も決めたみたいだった。彼の足はゆるゆると、寝室に向かっている。

今夜全てを経験することを、映理はもう受け入れていた。彼が彼女を抱く腕から、繊細なまでの深い愛情を感じていたからだ。

「優しく、する」

壊れ物を扱うみたいに、映理はベッドへ横たえられた。晃の唇が首筋を這《は》い、指先がスカートの裾をまくる。

「う、ん」

晃が肌に触れるたび、感覚が鋭敏になっていくのがわかった。緊張して強ばる肉体が解きほぐされ、甘い痺れが全身を覆う。

重ねられた素肌の滑らかな質感、心地よい温もり。晃は言葉どおりに優しくて、頭の中まで蕩《とろ》けていくようだった。

きっとこれから、何度もこんな夜を経験することになる――。

そう信じていたのに、まさか一夜限りの夢になってしまうなんて、この瞬間《とき》は思いもしなかった。

第一章　デートじゃない

「誰か、助けてっ」

とっさに口から出たのは、日本語だった。

摩天楼の立ち並ぶ大都会で、躓《つまず》いた老婦人を支えようと、バッグから手を離したのは一瞬のこと。それでも運悪く、スリに遭ってしまうことはある。

映理はすぐにバッグを持った男を追いかけたが、彼の後ろ姿はどんどん小さくなっていく。彼女は青い顔で走りながら、もう一度叫んだ。

「お願い、誰か……っ」

映理の言葉に応えるように、前方でスリがよろけた。傍らにいた背の高い男性が、足を引っかけたのだ。

「テメー、何す」

「お前こそ、何をしている？」

男性はスリの手から映理のバッグを奪い、胸ぐらを掴んだ。鋭い眼光で睨《にら》まれた男はすくみ上がり、先ほどまでの威勢は消えてしまっている。

「警察に突き出してやろうか」

低い声で男性に凄まれ、スリは見てわかるくらい、大げさに震えた。媚びるように両手を挙げ、降参の姿勢をとる。

「それは返すよ。だから、許してくれ」

ヘラヘラと引きつった笑いを浮かべながら、男はさらに懇願した。

「なぁ、頼むよ」

大きなため息をつき、男性が手を離した。スリは倒けつ転《こ　まろ》びつしながら、映理のほうを振り向きもせず、雑踏の中に消えていく。

「あの、ありがとうございますっ」

映理は男性に近づき、勢いよく頭を下げた。彼は持っていたバッグを、こちらに差し出す。

「これ、君の?」

母国語で尋ねられ、初めて男性が日本人らしいことに気づいた。かなり体格がよかったから、てっきり現地の人だと思ったのだ。

レザージャケットと白いTシャツ、足元にはボリュームのある編み上げブーツ。無骨なスタイルが、日本人離れした男性の体型にとてもよく似合っていた。

男らしく整った顔立ちが魅力的で、目抜き通りに立っていても絵になる。このままポスターにして、部屋に貼っておきたいくらいだ。映理はつい見惚れてしまって、返事するのを忘れていた。

「おい、聞いてんのか？」

男性に再度問われ、映理は慌《あわ》てて口を開く。

「は、はい。私の、です」

「っとに、ぼーっとしてちゃダメだよ。このへん、スリが多いのに」

眉間に皺を寄せた男性が、呆《あき》れた様子で再びため息をついた。映理はバッグを受け取り、ただただ頭を下げる。

「すみません」

「たまたま日本語が聞こえて、気づいたからよかったけど。いつも誰かが助けてくれるなんて、期待しないほうがいい」

こっちに来てからは、注意深くしていたつもりだったけれど、どこかで気が緩んでいたのかもしれない。男性の言葉は至極尤《しごくもっと》もで、映理は頭を垂れるしかなかった。

「はい……」

男性は品定めするように映理を眺め、顎に手を当ててうーんと唸る。

「なんか、危なっかしいんだよなぁ。小柄で華奢だし、目が離せない」

映理は日本人女性としても背は低いほうだ。おまけに童顔なので、さらに幼く見えてしまうのだろう。

「ちゃんと前見て歩いてたのか？　どうせスマホとかに気をとられて」

「それ以上、責めないであげてちょうだい」

日本語の会話に割って入ったのは、先ほど助けた老婦人だった。彼女は男性の筋肉質な腕をポンポンと叩いて、穏やかに言った。

「彼女は私が躓いたところを、支えてくれたのよ。不注意だったわけじゃないの。ね、もう許してあげて」

言葉はわからなかったかもしれないが、ふたりの様子から、映理が一方的に咎《とが》められていると思ったのだろう。老婦人に取りなされ、男性は目をパチクリさせる。

「あ、あぁ、わかったよ」

男性の返事を聞き、老婦人はにこやかに笑った。

「ありがとう。じゃあ、ごきげんよう」

老婦人がふたりに向かって、厳かに礼をする。映理も礼をして顔を上げると、男性が決まり悪そうにこちらを見ている。

「……なんで、さっき言わなかった？」

「私が配慮に欠けていたのは、本当のことだから」

映理が答えると、男性の瞳がどこか優しくなる。

「君、不器用だな」

「よく言われます」

ふたりは顔を見合わせ、クスクスと笑い合う。男性は右手を差し出し、自己紹介をした。

「俺は市岡晃。君の名前は？」

映理は差し出された右手を握って答える。

「安原、映理です。あの……、もしよかったら、ランチをご馳走させてもらえませんか？」

自分から男性を誘うなんて、普段の映理ならあり得ないことだ。勇気を出せたのは、晃への強い感謝の念からだった。

バッグの中は、パスポートをはじめ貴重品だらけ。奪われていたら、今頃どうなっていたか——。考えただけでも背筋が寒くなる。

「礼のつもりなら、別に」

「豪華な食事は無理ですけど、ちょうどお昼ですし。お時間あるなら、ぜひ」

晃が遠慮しようとするのを察して、映理は畳み掛けるように言った。自分でも驚くほどの積極性だが、今を逃すとお礼ができないと思ったのだ。

映理の真摯な思いが伝わったのか、晃は腰に手を当ててうなずく。

「わかったよ。ただし、条件がある」

晃はイタズラっぽく笑って、付け加えた。

「敬語はナシだ。窮屈な食事は苦手でね。俺のことは晃と呼んでくれ。俺も映理と呼ぶ。いいかな？」

さっき出会ったばかりの、しかも年上と思われる男性にタメ口なんて。映理は困ってしまって、「は、はい」と答える。

晃に軽く睨まれ、映理は目をキョロキョロさせたあと、コクンと首を振る。

「……うん」

「それでいい。で、どこに行く？」

「ギャラリーの中にあるカフェは、どう？　ランチ限定のセットがあるの」

幾つも候補をあげないのは、映理がそこしか知らないからだった。大学のミールプランに入っているから、食事は基本的に学食頼み。

どうしても飽きてしまうから、美術館やギャラリーに出かけたときだけ、施設内にあるカフェを利用するのだ。頻繁《ひんぱん》に外食する余裕がない映理の、ちょっとした贅沢だった。

「いいよ、そこにしよう」

映理の事情で選んだ店だが、晃は快諾してくれる。彼女は胸をなで下ろして、足をギャラリーに向けた。

「ミュージアム内のカフェって、内装のアートが時々入れ替わるでしょ？　それも楽しみでたまに行くの」

「趣味で？」

「勉強のため、かな。私、インテリアコーディネーターだから。最先端のデザインを学びたくて、アメリカに来たの」

「てことは、社会人？」

晃が大げさに驚き、改めて映理をじろじろと見る。

「制服着てても違和感ないぐらいだから、学生かと思ったよ」

「嬉しいけど、私もう二十五よ」

苦笑する映理に、晃はちょっぴり意地悪く言った。

「見えないね。スリに遭うような、おっちょこちょいだからかもしれない」

反論、できなかった。こっちに来たばかりならまだしも、すでに数ヶ月は経っているのだ。

「本当に、反省してます……」

映理がうなだれてしまったせいか、晃が明るく笑った。

「ま、これから気をつければいいさ。俺はあんまり美術館って行かないんだけど、館内の店ってうまいの？」

「美味しいよ。お店も幾つかあって、カクテルやワインを楽しめるバーもあるし。私が行くのは、ベーグルサンドの種類が豊富なカフェ。ランチはそれにカットフルーツとサラダがつくの」

「へぇ、結構充実してるんだ」

「うん。食事だけに訪れる人もいるくらいだから」

会話をしていると、いつの間にかギャラリーに到着していた。ここは生活に密着したデザイン作品が充実していて、お気に入りの場所だ。入場料を払い、二階にあるカフェに向かう。

昼時だから店は混んでいたけれど、明るく開放的な設計のおかげで狭くは感じない。

席に案内されたふたりは、メニューを開きベーグルサンドを選ぶ。

「私はプレーンベーグルに、スモークサーモン&クリームチーズで。ココのはクリームチーズに玉ねぎが入ってて、すっごく食べ応えがあるの」

「じゃあ俺は、シンプルに卵とベーコンでいこう。ベーグルはセサミね」

注文を終えて周囲を見渡すと、カップルのお客さんも多い。いつもはギャラリーで見学したことをノートにまとめたりしているから、あまり意識していなかったけれど、ここは立派なデートスポットだ。

映理と晃もそんな風に見られているのだろうか。想像すると恥ずかしくなってしまうが、彼は平気な様子で中庭に鎮座した彫刻を眺めている。

「いい雰囲気だな。インテリアもスタイリッシュだし」

「でしょ? カフェ風リビングって人気あるんだけど、ナチュラル系が多いから。こみたいな、ヴィンテージスタイルのリビングも提案できたらなって。素材も木材とアイアンを組み合わせて、渋くて味わいのある感じに」

映理はそこで言葉を切った。ペラペラと自分ばかり話していることに気づいたからだ。引っ込み思案のくせに、興味のあることとなると、話が止まらなくなるのは彼女の悪いクセだった。

「どうかした？」

急に口を閉ざしたからか、晃が怪訝な顔をしている。映理はどう伝えようかと悩みながら、とりあえず謝罪する。

「ごめん、なさい。こんな話、退屈だよね？」

「全然そんなことないけど。仕事、好きなんだな」

晃が穏やかな笑みを浮かべて、映理を見つめる。彼女は彼の優しさが嬉しくて、再び話し始めた。

「うん。インテリアコーディネーターになるのが夢だったから」

「ステップアップするために、仕事を辞めてこっちに来たわけ？」

晃がそう考えるのも当然だ。映理はまだ就職して二年くらい。

業務も覚え始めたばかりで、代理が利かない重要なポジションにいるわけでもない。本来なら退職するのが筋だし、映理も最初はそのつもりだった。

「休職中、なの。社長がしっかり勉強して、また戻ってこいって言ってくれて」

「いい社長さんだな。留学すると考え方が変わって、別の会社で働こうって人もいるから、リスクも大きいのに」

もちろん映理は転職する気はないけれど、社長の度量の広さには感謝してもしきれないほどだ。大企業ならともかく、小さな工務店でひとり抜けたらどれだけ大変か、彼女もよくわかっている。

「映理の才能に、期待してるってことかな?」

「うーん、才能とはちょっと違うと思うよ。インテリアデザインって、お客様ありきだから。独創性や個性より、相手の要望にどこまで添えるかが重要なの」

「ふぅん、そういうものなんだ」

意外そうな様子で、晃が相槌《あいづち》を打つ。

「お客様の好みを具体的にする、って感じかな。大雑把にモダンといっても、感じ方に幅があるし。色や質感、素材なんかの要素に分けて、イメージを固めていくの」

晃が熱心に耳を傾けてくれるから、映理はついつい話を続けてしまう。

「あとは流行を意識することも大事だと思ってる。インテリアデザインの世界にも、トレンドがあるから」

「なんか洋服みたいだな」

「そう、洋服と同じ。例えばキッチンのカウンタートップなんだけど、これからはポーセリンが流行《はや》るかもしれない」

「ポーセリンって、磁器だよな?」

「うん。耐久性も耐熱性もあるし、メンテナンスも簡単でね。天然の大理石よりも安いのが魅力的」

授業で聞いたことの受け売りだけれど、晃は感心したようにうなずいている。

「ちゃんと、勉強してるんだな」

「社長の恩に報いたいし、本当にお客様のためになる提案をしたいから」

映理は恥じらいつつスマホを取り出し、アルバムアプリを開いて、晃に写真を見せた。

「これ、私の勤める工務店で、家を建てたお客様から届いた手紙なの」

中には家族団らんの写真もあり、喜びの声や笑顔で溢《あふ》れている。晃は画面をスワイプしながら、感じ入った様子でつぶやいた。

「自慢の家、か。こんな風に言ってもらえたら、ぐっと来るな……」

インテリアコーディネーターは華やかな仕事という印象があるけれど、実際は想像以上に大変だ。勤務時間や曜日が不規則だし、メーカーとのやり取りも煩雑《はんざつ》。

それでもやりがいがあるから、続けたいと思える。お客様からいただいた写真や手紙を見返すことで、映理はモチベーションを高めているのだ。

「格好いいよ、映理は」

晃は映理にスマホを返しながら、率直な言葉で褒めてくれる。こちらでの生活が長いからかもしれないが、ストレートすぎて刺激が強い。

男性からこんなに長時間見つめられたことはなく、目線を外すのも失礼な気がして、映理はどうにも照れてしまう。

「私にできることを、精一杯やってるだけ、だから」

「もちろんそうなんだろうけど、何かあるんだろ？　仕事をする上での目標とか、心構えとかさ」

改まって言われると、普段あまり意識していなかったことに気づく。

ただ映理がよく感じているのは、お客様は自身のこだわりを、うまく言葉にできないということだ。ぼんやりして形になってない希望をハッキリさせるために、彼女がいると思っている。

「お客様の期待を、上回れたらいいなって。考えもしなかったことを提案すると、やっぱり喜んでもらえるから」

まだ経験の浅い映理が、こういうことを言うのは気が引けるけれど、晃は熱い眼差しをこちらに向ける。

映理の存在が目映《まばゆ》いかのように目を細め、それでいて晃は決して彼女から目を離そうとしない。何かおかしなことを言ってしまったのかと、だんだん不安になり始めるが、彼の瞳は慈しみが伝わってくるほどに優しい。

賑やかなカフェにいるのに、ふたりの周囲だけ静まり返っているみたいだ。見つめ合うふたりの間に厳かな空気が漂い、映理はドキドキして落ち着かない。

「お待たせしました」

ありがたいタイミングで、ベーグルサンドが運ばれてきた。映理はホッとして、目の前に置かれた注文品に視線を移す。

青のラインが引かれた白いプレートに、具材がみっしり詰まったベーグルサンドが、半分に切られて載せられていた。

「いただきます」

晃の様子は気になるものの、今は美味しい食事に集中したい。

映理はしっかり手を合わせたあと、さっそくベーグルサンドにかぶりついた。重量感があり、もっちりとした食感がたまらない。

「うんっ、この分厚さと噛み応えが、ベーグルの醍醐味《だいごみ》だよね。ケイパーの酸味もほどよくて、サーモンとの相性も抜群だし」

貴重な外食の機会だから、映理は何度も噛みしめながら、ゆったりとベーグルサンドを味わう。一方晃は勢いよく食べ進め、もう半分くらいなくなっている。

「卵とベーコンもいけるよ。粒マスタードが利いてて、専門店と変わらないな」

「気に入ってもらえてよかった。何度かここに通ってるけど、毎日食べてもいいくらい、全然飽きないの」

「だったら、毎日来れば？」

晃が事も無げに言うので、映理はちょっと笑ってしまう。

「それは無理よ。お金も掛かるし。大抵、大学のカフェテリアで食べてるの。祝日は休みだから、インスタントに頼ることが多いかな」

ベーグルサンドの最後のひと欠片を口の中に放り込み、コーヒーで流し込んでから晃が尋ねた。

「もしかして、この辺りの店、行ったことないのか？」

晃に図星を指され、映理は苦笑いを浮かべる。

「実は、そう。カフェもここしか知らなくて」

「もったいないなぁ。カフェ風リビングを提案したいって言ってるのに、実際のカフェを見ないなんてさ」

正論すぎて、映理はひと言も返せない。せっかく留学したのだから、本当はそうあるべきなのだ。

「本場のカフェを巡るのも、勉強だろ？」

「わかってる。でも私にできることって、限られてるから。ずっとここにはいられないし、予算も決まってるもの」

「言い訳はそれだけ？　本当はひとりで行動するのが、怖いんじゃないの」

言葉自体はズバズバと映理の急所を突いてくるけれど、晃が心から彼女を案じてくれているのが伝わってくる。彼はただ彼女のためを思って、厳しいことを言ってくれているのだ。

晃の気持ちはありがたいし、彼が正しいことも理解できるが、すぐに生活スタイルを変えるのは難しい。日本にいるときのようにはいかないのだ。

「俺が案内しようか？」

晃が思いがけないことを口にした。ごく軽く、親しい友達に言うみたいに。

「え？　あ……」

嫌だったわけじゃない。ただ出会って間もない男性から、そんな申し出をされたのは初めてで、どう反応していいのかわからなかったのだ。

「迷惑、かな？」

映理が固まってしまったので、晃は気遣ってくれたようだった。彼女は慌てて首を左右に振り、できるだけ正確に気持ちを話す。

「違うの、つまり、その、あんまり男の人と親しくしたことがないから、距離感がよくわからなくて」

身振り手振りばかり大きく、映理はうまく説明できない。晃が気を悪くしたのではと心配するけれど、彼の表情は思いのほか優しい。

「ナンパかと思った？」

「そんなこと。ランチに誘ったのは私のほうだし」

否定はしたものの、心のどこかでそれに近いことを感じてしまっていた。晃との出会いは、そもそも映理の不注意だというのに。

「警戒心が強いのは、悪いことじゃないよ。特にこっちじゃ外国人、それも若い女性だと、カモにされやすいから」

晃は映理の言動に理解を示してくれ、彼の懐の深さに安堵する。

純粋な好意で助けてくれた恩人に対して、映理はあまりに無作法だった。晃が機嫌を損なわなかったのが唯一の救いだ。

きっと晃もこれ以上誘うことはないだろう。ほんの少し残念な気もするが、映理の勉強に彼を付き合わせるわけにはいかない。

「ありがとう。晃の提案は、すごく嬉しかった」

「それは、お世辞じゃなく？」

映理の真意を測るように、晃は上目遣いで尋ねる。彼女は感謝の気持ちを伝えるため、深く大きくうなずいて見せた。

「もちろん。行ってみたいけど行けてない場所だらけだから。晃が案内してくれるなら心強いし、きっと楽しいだろうなって思う」

「だったら、俺に映理を応援させてくれないか」

晃は諦めるだろうと思っていたから、彼の熱量に驚いてしまう。映理の態度は褒められたものではなかったのに、なぜそんなにも肩入れしてくれるのだろう。

映理は晃の気持ちが理解できず、どう答えればいいのかわからない。黙ってしまった彼女に対して、彼はさらに続ける。

「いろんな体験をして、仕事に繋《つな》げて欲しい。俺を利用してくれていいから」

穏やかでない言い方に、映理は余計戸惑ってしまう。そもそも男性とプライベートで会ったこともないのに、損得勘定ありきで付き合うなんて。

「私なんかに、どうしてそこまで」

ただただ疑問で、映理は思わずつぶやいていた。晃はそれを聞き逃さず、真剣な顔で言った。

「最近俺、新しいポストに就いたばかりでさ。ちょっと悩んでたんだよ。今までどおりでいくべきか、変えるべきか」

「晃の仕事って」

「パレスベイが、俺の職場だ」

世界規模で展開している、ラグジュアリーホテルだ。日本にもあるのは知っているが、高級すぎて映理は入ったこともない。

晃はホテルマンをしている、ということなのだろうか？

パレスベイなら語学力や身のこなしも一流を求められる。外見から来るワイルドな印象とは違って、晃はかなりきちんとした社会人なのかもしれない。

「さっき映理が言っただろ？　期待を上回りたいって。なんかそれが、すごくしっくりきたっていうか。うちの方針は、あくまで顧客の期待を満たすことだから」

期待を満たすことと上回ることは、似ているけれど確かに違う。満たされるだけでは、多分感動は生まれない。

「でもホテル業なら、ホスピタリティの土壌は整っているでしょ？　私みたいな素人《しろうと》の言うことなんて、参考にはならないと思うけど」

「もちろん、おもてなしは徹底してるよ。ただ映理と違って、顧客の手間を徹底して省くことに、力が注がれてるんだ」

「手間を、省く？」

言葉の意図が理解できず、映理は首を傾げた。

「例えば客室で何かトラブルがあったときは、すぐにグレードアップした別の客室を用意する。もちろん追加料金はなしだ」

晃の言いたいことが、映理にもわかってきた。

万全を期していても、問題が起こらない保証はない。そのときにどう対応するかで、リピーターになってもらえるかどうかが変わってくる。

大事なのは約束したものを、必ず提供すること。融通を利かせ、顧客には労力をかけさせない。それがパレスベイのポリシーなのだろう。

「それだって、十分立派なことだと思う。何度も家を建てる人は少ないけど、ホテルの常連になる人はたくさんいるもの」

「俺もそう信じてやってきた。ただ映理と話してて、それだけで満足するのはやっぱり違う気がしたんだよ。ずっとあった違和感の正体が、映理のおかげでスッキリしたっていうか」

「そんな大げさな」

映理は笑ったけれど、晃は表情を崩さない。その瞳には決意が滲み、思い詰めた様子で、きっぱりと断言する。

「映理の成長を見守りながら、俺も一緒に変われたらって思ってる」

冗談のつもりはないみたいだ。そこまで言ってもらえるのは光栄だけれど、映理には不相応な言葉にしか聞こえなかった。

「晃は私を知らないだけよ。買いかぶりすぎないで」

思ったままを言ってみるが、晃に動じる気配はない。

「俺は本気だよ」

瞬きひとつせず、晃は映理を見つめる。抱きしめられているわけでも、手を繋いでいるわけでもないのに、信じられないくらい胸が高鳴っていた。

熱烈な視線を注がれ、身がすくんでしまうほどだけれど、不快ではなかった。晃の眼差しからは、ある種の愛情表現に近いものを感じるのだ。

出会ったばかりでなぜと思うものの、元来が情け深い性格の人なのかもしれない。見ず知らずの映理を助けてくれたのだから、きっとそうだ。不甲斐ない彼女をもどかしく感じて、純粋に応援してくれようと思ったのだろう。

でもお礼としてランチに誘っただけで、こんな話になってしまうのは困る。晃がふざけているなんて思わないが、受け入れるわけにはいかなかった。

映理は断るために口を開きかけるが、晃によって制される。

「今すぐ返事はしないで、一度考えてみてくれないか。絶対後悔させないから」

すごい自信だなと思うけれど、晃が言うと大仰《おおぎょう》には感じない。話し方のせいなのか、不思議と説得力があるのだ。

「……わかった」

晃の迫力に押されてしまい、映理には他に答えようがなかった。

連絡先としてメッセージアプリのＩＤを交換し、来週また同じ場所で会うことになったのだった。


寮の部屋に戻ると、ルームメイトはまだ帰っていなかった。多分今日も彼氏とデート、なのだろう。

お互い学生同士のふたりは、まさに青春を謳歌している。素直な愛情表現が微笑ましく、羨ましいと思うこともあった。映理はこの年齢になるまで、恋愛とは無縁だったから、尚更そう感じるのかもしれない。

寂しい自覚があるなら、行動すればいい。同じ授業を取っている男子学生に声を掛けられたこともあるのだから、誘いに乗ればいいだけなのだ。

でも映理には、できない。勇気が出ないのも事実だけれど、留学中の身で恋にうつつを抜かすことに抵抗があったからだ。

きっとこのまま何事もなく、留学生活を終えることになる——。

ぼんやりとした未来予測が、晃との出会いによって大きく外れようとしていた。今日が人生の転機になる予感がするのだ。

誇張しすぎかもしれないけれど、映理にしたらそれだけ画期的な出来事だった。

初対面の男性をランチに誘い、食事しながら楽しくおしゃべりをする。

日本だったらまず間違いなくできなかっただろう。

異国の地にいるから、日本語での会話が懐かしかったのはもちろんある。でも誰であっても、同じことができたとは思えない。

相手が晃だから、心地よい時間を過ごせたのだ。

映理の話に興味を持って耳を傾け、とても親身になってくれた。突然の提案には驚いたけれど、それだって彼女を気遣った上でのことだ。

晃とは知り合って数時間。彼は映理を過大評価しているように思うけれど、もしかしたらそれは口実で、頼りない彼女を心配してくれているだけなのかもしれない。

どちらにせよ晃には感謝しかないし、本音を言えばもう少し話がしたい。このままサヨナラは寂しいと思っているのだ。

そのくせ映理はまだ決心が付かなかった。晃の存在が心強い反面、彼に頼ってしまうことが怖くもあったから。

どうしたら、いいのだろう――。

とても自分ひとりでは決められそうもなくて、映理はスマホを取り出した。アプリを開き、姉の久美《くみ》にメッセージを送る。

『お姉ちゃん、元気？』

アメリカと時差はあるものの、今の日本時間は昼前。夫を仕事に送り出し、ひと息ついた頃だと思う。

『もちろん元気よ』

しばらくしてクッキーの型抜きと一緒に撮った、久美の写真が送られてくる。新婚の彼女は、お菓子作りに精を出しているようだ。

『どうしたの？　ホームシック？』

『そんなんじゃないよ』

否定したものの、多分久美は映理に何かあったと気づいているだろう。昔から勘のいい人だから。

『実は今日スリに遭っちゃって。バッグは戻ってきたし、怪我もなかったんだけど』

『えー！　外国は物騒ねぇ。気をつけなさいよ』

映理は深呼吸してから、思い切って久美に相談する。

『スリからバッグを取り返してくれた男の人が、私をあちこち案内しようかって、言ってくれてるの。どう、思う？』

『それってデート？』

すぐさま返信があり、映理は慌てて返事を送る。

『デート、じゃないと思うけど』

『だったら、案内してもらえば。迷う必要ある？』

久美の即断即決に、映理は思わず苦笑してしまう。

『さっき、気をつけなさいよって、言ったばかりじゃない』

『それとこれとは別。せっかく留学してるんだから、積極的に行動していかなきゃ』

晃も同じようなことを言っていた。久美もまた、映理がアメリカで普段どおりの、慎《つつ》ましい生活をしていることを見抜いているのかもしれない。

『映理を助けてくれた人なら、大丈夫でしょ』

『でも、会ったばかりの人だよ？』

『どんな人でも、最初は会ったばかりの人じゃない』

久美らしい答えだ。直感を信じてひと目惚れした人と恋をし、そのまま結婚するだけのことはある。

『映理は難しく考えすぎ。とりあえず一緒に出かけてみて、気が合うかどうか判断すればいい。それだけのことよ』

そのシンプルさを、多分映理は求めていた。久美はいつも一番聞きたい言葉を言ってくれる。

『わかった。ありがとう。また何かあったら連絡するね』

『うん、そうして。恋人になるなら、ちゃんと私に紹介するのよ？』

気が早いなと思いつつ、映理は『ないと思うけど、わかった』と、最後の返信をしたのだった。

＊

来週また会う約束をしているのだから、そのときに返事をすればいい。

はじめはそう考えたのだが、決めているなら早く伝えるべきだと思い直した。晃が気を揉んでいたら、申し訳ないと思ったからだ。

とは言え映理が晃にメッセージを送ったのは、次の日だった。久美に相談して気持ちは固まったものの、文面に悩んで遅くなってしまったのだ。

久美には恋人じゃないと言ったけれど、やはりどこかで意識してしまっていたのかもしれない。友達に送るようには気軽に送れなかったのだ。

映理が悩みに悩んで送ったのに、晃からはすぐに返信があった。

『承諾してくれて嬉しい。プランを考えておくよ』

友達が相手みたいに、簡単なメッセージ。映理もこのくらい軽く、メッセージを送るべきだったのだ。

『ありがとう。どこに行くの？』

晃を見習ってサクッと返事をすると、また瞬時にメッセージが来る。

『それは行ってからのお楽しみ。朝九時に、ギャラリーの駐車場で待ってる』

『わかった』

すんなり予定が決まりすぎて、怖いくらいだ。でもこれでいい。ひとりで出かけることに気後れして、勉強が忙しいのを理由に、現在の状況に甘んじていた。

せっかくの海外留学をもっと活かすべきだと、映理自身わかっていたのに。

晃はそんな映理を、歯がゆく思ったのかもしれない。彼なりの優しさで彼女を放っておけず、外へ誘い出してくれたのだろう。

なぜか晃は映理を評価するようなことを言っていたから、ガッカリさせてしまわないか気がかりだけれど、彼が望んでくれる間は行動をともにしてみよう。

映理はスマホを置き、週末に思いを馳せた。晃はどんな計画を立ててくれるのだろう。駐車場と言っていたから、車で移動するのだろうか。

ウキウキする一方で、映理は晃に任せ切りな自分に気づいた。

晃は映理を応援したいと言ってくれた。それは彼女の勉強に付き合ってくれる、ということだ。

だったら映理自身がきちんと計画を立て、やりたいことを整理しておくべきだろう。晃に時間をもらうのだから、成果を出せるようにしておかなければ。

映理は日本から持ってきた旅行雑誌を引っ張り出し、久しぶりに開いてみた。

こちらに来る前は、素敵な雑貨店やお洒落なカフェに憧れを抱いていたけれど、実際はたまにギャラリーに行くのが精一杯。公共交通機関しか移動手段もないし、時間もお金も圧倒的に不足している。

もし行けるなら、ここもあそこも……。夢は広がるけれど、晃に何も返せないのにいいのかなと思ってしまう。

また迷いが生まれそうになり、映理は首を左右にブンブンと振った。

考えて決めたことだ。晃の好意に甘えるのは気が引けるが、こんな機会でもなければ、映理はきっとどこへも行かずに留学を終えてしまう。

それは晃が言うように、あまりにももったいない。映理が成長することが、彼への恩返しになるなら、中途半端な遠慮をするより、希望をしっかり伝えるべきだ。

映理はそう自分に言い聞かせ、丹念に旅行雑誌を繰るのだった。

＊

「待った？」

車にもたれかかる晃を見つけて、映理は声を掛けた。まだ五分前だけれど、早く来てくれていたのだろう。

男らしい晃のイメージから、なんとなくクロスカントリーのような、アウトドア系の車を想像していたけれど、ダークグレーのスポーツカーだった。

「いいや、今来たとこ。ＯＫしてくれて、ありがとう」

「こちらこそ、よろしくお願いします」

映理が頭を下げると、晃が顔をしかめて注意する。

「そういう堅苦しいのはナシ。もっと気楽にいこう。さぁ乗って」

晃が助手席の扉を開けて、映理を車内に促す。レディーファーストが板に付いているのか、自然で違和感がない。

まるで良家のお嬢様になったみたいだ。こんな扱いはされたことがないから、映理の乙女心が刺激されてしまう。

映理を乗せた車は、静かに発進した。目的地はどこなのだろう？　期待もあるが、不安も感じている。

「今日は、インテリア・マイルに行こうと思う」

「え、本当に？」

インテリア・マイルと言えば、生活雑貨店やヴィンテージショップが立ち並ぶ有名な通りだ。映理が行きたい場所の筆頭に掲げていて、次に会うことがあれば提案してみようと思っていたのだ。

「すごい、どうして私の気持ちがわかったの？」

驚きと尊敬が入り交じり、映理は興奮して尋ねた。彼女のテンションの高さとは裏腹に、晃はちょっと寂しそうに笑う。

「そういうのは、得意なんだよ。仕事柄、ね」

晃が浮かない表情をしているので、映理は首を傾げる。

「素晴らしいことだと思うけど、何かあるの？」

「映理がこの前言ってただろ？　期待を上回るって。俺の提案は期待通り、だから。そういうとこ、映理と一緒にいて学びたいと思ってるんだ」

外見から来る印象とは違って、繊細で真面目な人だ。それはカフェで話しているときにも思ったことだけれど、改めて強くそう感じる。

映理が晃の役に立てるとは思えないのだが、彼の力になれるなら彼女も嬉しい。お互いに高め合っていく、幸福な関係を目指せたらベストだ。

晃の世話になるばかりで迷いがあったのだけれど、腰が引けた態度でいるほうが失礼だろう。

「私に何ができるかわからないけど、晃が望むならなんでもするから。ちゃんと言ってね？」

映理は大真面目に言ったのだが、晃はハンドルを握ったまま困っている。

「それ、俺以外に言ったらダメだよ」

「え、どうして？」

「男は皆、勘違いするから」

言われて初めて、自分の台詞の大胆さに気づく。映理は真っ赤になってしまい、晃の横顔が見られない。

「あの、えっと、そんなつもりじゃ」

「うん、わかってる」

晃は苦笑しながらも、優しく続けてくれる。

「映理の気持ちは嬉しいよ。だから遠慮せず、どんどん頼って欲しい」

「ありが、とう」

映理のせいで変な空気になってしまったけれど、おかげで晃が紳士だということもよくわかった。最初から疑ってはいなかったけれど、彼には下心なんて微塵もないのだ。そのことに安心したし、彼への信頼がより強くなるようだった。

「さぁ着いたよ」

インテリア・マイルの端まで来て、晃は路上のパーキングメーターに停車した。車から降りたふたりは、さっそく一番近くの店に入る。

映理は仕事を抜きにしても、雑貨を見るのが好きだ。

お店のテイストによって、クラシックだったりポップだったり。同系色でまとめていても、濃淡や色合いでガラッと雰囲気が変わったりする。

そこにインテリアデザインの面白さがあるし、自分だけのこだわりを反映させられる部分だとも思っている。

「ここのお店、クレスト・ウィルマっぽい。このサービングプラッターの、ブルーとイエローの使い方とか」

クレスト・ウィルマは、キッチン用品を専門に扱う高級ブランドだ。有名シェフやセレブも愛用していて、日本でもとても人気がある。

晃は映理のつぶやきを聞き、ニコッと笑って答える。

「クレスト・ウィルマがプロデュースする、コンセプトショップだからね」

「あ、そうなんだ」

「新進気鋭のデザイナーアイテムも並ぶから、映理は興味あるだろ?」

映理が何も言わなくても、晃はピンポイントで希望を叶えてくれる。そのきめ細やかさに驚いたし、見習いたいと思う。

本当に映理の気持ちにならなければ、ここに来ようとは計画しないだろう。晃がいかに彼女を思ってくれているかが伝わってくる。

「TVや雑誌でよく特集されてるけど、私もクレスト・ウィルマは好きなの。色遣いや風合いが、すごくモダンで」

「俺も好きだよ。あんな感じの、エッチンググラスのカップを持ってる」

晃の指さすほうには、真鍮仕上げのバーカートがあった。カラフェやピッチャーとともに、チタン製のスキットルが置かれている。

映理はそれを目にしてクスッと笑ってしまい、晃が不思議そうに尋ねた。

「どうかした？」

「スキットルを見て、ちょっと思い出しちゃって」

お尻のポケットに入れやすいよう湾曲した、独特なデザインのボトルを取り上げ、映理は微笑みながら続ける。

「海外映画とかでよくあるでしょ？　俳優さんが胸元から取り出してお酒を飲む、みたいな。それに憧れて、昔父が買ってきたの。下戸《げこ》なのに、麦茶を入れるからいいんだとか言って」

晃がそれを聞き、首を傾げる。

「麦茶、はマズいだろ？　スキットルは洗いにくいから、ウイスキーとか、アルコール度数の高い酒専用だったはず」

「そうなの。だから、結局飾りになってしまって」

母にどうやってお手入れするのと問われ、しょんぼりしてしまった父。今思い出してもおかしい。

「可愛らしい、お父さんだな」

「うん。数年前に亡くなったけど、本当に優しい人だった」

晃は目を大きく見開き、返答に迷っているようだ。映理は彼の気遣いに感謝しつつ、さりげなく続ける。

「今はね、工務店の社長がお父さん代わりって感じなの。だからここでひと回りもふた回りも成長して、帰りたいと思ってる」

「じゃあもっと、いろいろ経験しないとな」

まるで兄のような、親身で温かな眼差し。晃に見つめられると、気持ちが奮《ふる》い立つ気がする。

「本当にそうだよね」

なんのために海外留学を選んだのか、それは机にかじりついて勉強するためだけじゃないはずだ。映理は晃の言葉を胸に刻み、その後も店を移動しながら、メモを取りつつのんびりと通りを見て回った。

店ごとにコンセプトが違い、テーブルウエアの他にも、照明器具、ベッドカバーやリネン類など、それぞれに特化した専門店があるのも面白い。

最先端のトレンドと売れ筋のデザインが肌で感じられ、とても参考になる。

「そろそろ、腹減らないか？」

数軒見て回った頃、晃が言った。彼の質問に答えるように、映理のお腹が鳴り、彼女は顔を赤らめる。

「ちょうどいいタイミングみたいだな」

晃は笑みを漏らしながら、車を停めてある場所へ向かう。

「ランチを予約しておいたんだ。ステーキが好きだといいんだけど」

洋食と言えば、まず思いつく鉄板のご馳走。

こっちに来たら一度は本場の肉を味わってみたいと思っていたけれど、ひとりでは店に入りづらく、何より値段を考えればとても行けなかった。

「好き、ですけど、そんな高価なもの」

「ランチタイムなら、ビジネスマンだって気軽に利用する店だよ。正装だって必要ない」

晃の言葉を信じて店に向かった映理だが、中に入って呆気にとられてしまう。外観こそ普通のレストランだったけれど、中はまるで美術館だった。

フロントからメインダイニングまで、絵画や動物の剥製が並び、ガラスケースの中には著名人の私物が飾られている。

真っ白なテーブルクロスと、古いけれど味わいのあるテーブルや椅子。装飾的なデザインのシャンデリアが、幾何学模様の絨毯《じゅうたん》をぼんやりと照らしている。

「こんなところがあったなんて」

「当時はオペラ劇場がすぐ近くにあって、俳優や劇場関係者が足繁く通った名店なんだ」

「それで、パイプなんかが飾られてるんだ……」

「あぁ。古き良き時代を、体現しているみたいだろ」

案内されたのは柱時計の近くにある席だった。晃は店員さんと顔見知りのようで、ゆったりと座れる場所をキープしてくれたらしい。

「晃はよく来るの？」

「月に一度は必ず来るかな。特徴のある内装と独特のムードを、映理にもぜひ体験してもらいたかったんだ」

「こういう雰囲気、大好きなの。すごく嬉しい」

感激のあまり、映理は食事に来ているということを忘れてしまっていた。キョロキョロと辺りを見回し、ひとつひとつの調度品に目を奪われる。

メモを取ったり、店員さんに頼んで写真を撮らせてもらったり。完全に晃の存在が頭から消えてしまう。

「映理、何を食べる？」

晃にメニューを渡され、映理はようやく自分が、何をしにここへ来たのかを思い出した。

「え、あ、ごめんなさい。私、夢中になってしまって」

映理の失礼な態度にも、晃は寛容な笑顔を向けてくれる。

「いや、いいんだ。喜んでもらえてよかったよ」

「オススメは、どれ？」

「サイズを考えたら、映理にはフィレかな。ここのは甘みがあって、柔らかいよ」

「じゃあ、それにしようかな」

晃はTボーン・ステーキと、追加でサラダをオーダーする。

「この店にはオリジナルのビールやワインもあるんだけど、今日は車だから次回にしようか」

次回——。さりげなく言われたから、聞き流しそうになったけれど、それは晃からのもう一度映理と会いたいという意思表示に他ならない。

今日一緒に過ごしてみて、晃の細やかな親切さが映理の身に深く染みた。

こちらに来てから、周囲の人たちが意地悪だったというわけじゃないが、彼ほど彼女の身になって、些細な点まで配慮してくれた人はいなかったと思う。

「晃、さっきも言ったけど、私にできること何かない？」

映理は身を乗り出し、切実な調子で続ける。

「今日は私のためだけにプランを考えてくれて、本当に嬉しかったんだけど、これじゃあ不公平だと思うの」

「俺は全く気にならないけど？」

「私は気にするし、こんな状態ならまた会うなんて、申し訳なくてできない」

晃は悩ましげな様子で、かなり困惑しているようだ。彼ほどの男性なら女性と出かけたことは何度もあるはずだが、こんなことを言われたのは初めてなのかもしれない。

しばらく考えたあとで、晃はためらいがちに尋ねた。

「……少し、プライベートなことを聞いても？」

「う、うん」

承諾したものの、どんなことでも答えられるというわけではない。

恋人の有無や付き合った人の数、経験人数なんて聞かれたら……。この年齢で、どれもゼロと答えたら、呆れられてしまうだろうか。

晃にはお世話になったのだから、できる限り誠実に答えたいと思うけれど、恋愛に関してはどうしてもコンプレックスがある。

「映理にも、仕事がうまくいかないときって、あるだろ？　そういうときって、どうしてる？」

「え」

プライベートと言うから、もっと私的な恋愛事情なんかを聞かれるのかと思っていた。映理は拍子抜けしたと同時に、自意識過剰な想像を恥じる。

晃が映理の恋愛なんかに、興味があるはずないのに。

「映理？」

「ううん、なんでもないの。そう、ね。周囲の人に相談する、かな？」

自身が妹ということもあるのかもしれないが、映理はひとりで抱え込むタイプではない。晃とのことだって、久美に打ち明けたくらいだ。

「なかなか言えない、ってことはないか？　意見が衝突するかもしれないし、ただの愚痴だと思われるかもしれない」

映理は「職場に恵まれてるだけだと思うけど」と前置きして、言葉を選びながらゆっくりと答える。

「社長が自由に発言できる空気や環境を作ってくれてるの。だから対立しても、建設的なディスカッションになるんだと思う」

話に耳を傾けながら、晃は考え込むようにつぶやく。

「環境作り、か……。確かにそっちが先なのかもしれない」

晃は仕事に悩んでいると言っていた。もしかしたら周囲に打ち明けられず、苦しんでいたのかもしれない。

「私なら、愚痴でも全然構わないよ？」

映理にできることは少ないけれど、晃の話を聞くくらいはできる。それが彼を助けるなら、彼女にも存在意義があるというものだ。

「ありがとう。そう言ってくれるだけで、気が楽になる。新しいポストに就いてから、張り切りすぎてるとこがあって、周りを頼れなかったんだ」

晃の口ぶりからは、出世したのだろうと感じる。期待に応えたいと意気込んでいるからこそ、弱みを見せるようで何も言えなくなっていたのかもしれない。

「映理といると、なんだか安らぐよ」

何年も連れ添った相手に見せるような晃の微笑み。映理は照れてしまって、早口で答える。

「偉そうなこと言っちゃってるけど、最初は衝突が怖かったよ？　嫌がられたくないし、やっぱり譲るほうが楽だから」

「どうして、変われたんだ？」

「お客様にとってベストな選択をするほうが、同僚や先輩の感情を害さないようにするより、ずっと大事だって思ったから」

これは今でも映理が、自分に言い聞かせていることだ。弱気になって怯《ひる》んでしまうときに、思い出すようにしている。

そんな映理の仕事に対する姿勢が、晃の胸にも強く響いたようだった。彼女の言葉を噛みしめるように、彼は幾度もうなずいている。

「仕事のことになると、映理は本当に強いな。確固とした思いがあるから、結果を出せてるんだろう」

晃は以前見せた、写真や手紙のことを言っているのかもしれない。感心した様子で、眩しそうに映理を見つめる。

「私だけじゃなくて、会社の風土なんだと思うよ。うちの社員は皆、根っこのところでは同じ気持ちだから、ぶつかっても敬意を払えるんじゃないかな」

晃があまりに映理を持ち上げるので、彼女は急いで付け加える。仕事に手応えは感じていたし、やりがいもあるけれど、彼女はまだまだ勉強中なのだ。

「本当に、いい会社なんだな」

なぜか晃はうなだれて、大きくため息をついた。落ち込むような彼の態度が理解できず、映理は率直に尋ねる。

「そう、思ってるけど。何かあるの？」

「映理はきっと、帰るんだろうなと思ってさ」

どこか切ない瞳で晃が映理を見つめる。

疑問の余地もなく当然のことのはずだが、なぜか晃は寂しげで、その表情の意味するところが映理には理解できない。

「それはそうでしょ？　だって留学してるだけだもの」

「でもいつか、独立する気はないのか？　将来はこっちで働くとか」

まるで願うように晃は言った。映理にこの国を離れて欲しくないのかと、勘違いしてしまいそうな言い方だ。

どうしてそんなことを聞くのか、尋ねたくはあったけれど、映理の答えは最初から決まっている。

「私は今の会社でしか働く気はないの。恩もあるけど、私に一番合っている職場だと思うから」

大体独立できるほどの実力なんて、映理にはない。留学したのはあくまで知見を得るため。こちらで働けるなんて、夢にも思っていない。

「そう、か……」

映理の気持ちを、晃は知っていたはず。だからこその反応だと思う。

わからないのは晃が、傷ついた顔をしていることだ。失恋でもしたみたいに、物憂げな表情を浮かべている。

もしかして晃は、映理に特別な感情を抱いているのだろうか——？

また恋愛の方向に思考が振れそうになり、さっきもそれで失敗したことを思い出す。

よい友人になれそうだから、きっと晃はガッカリしているだけだ。

「今年度中はいるから、よければまた、会ってくれる？」

借りを作るようで二の足を踏んでいたけれど、もし本当に映理が晃の力になれるなら、もっといろんな話をしてみたかった。彼さえよければ、彼女から断るという選択肢はない。

「いいのか？」

パッと晃の表情が明るくなり、映理はその無邪気な笑顔にドキンとしてしまう。

「こっちこそ、いいの？」

「もちろん。そもそも、俺から言い出したことなんだから。また映理が興味ありそうな場所、探しとく」

「そのことなんだけど」

映理はバッグからメモを取り出し、晃に見せながら続ける。

「私もいろいろ考えてきたの。任せっぱなしじゃ悪いから」

晃はびっしり書かれたメモを見て、ホッとしたように笑った。

「よかった。申し訳なくて会えない、なんて言うから、嫌われてるのかと思った」

「そんなこと」

「時間も限られてることだし、しっかり計画しようか」

晃がメモに手を伸ばそうとしたところで、ジュージューと音を立てるステーキが運ばれてきた。

完璧な焦げ目が付いた肉と、バターがのった巨大なベイクドポテト。映理はお腹が減っていることを思い出し、鉄板から漂う香ばしい匂いにうっとりする。

「食事のあとで、ね」

臨戦態勢の映理を見て、晃はナイフとフォークを取った。ふたりは料理に舌鼓を打ちながら、これからのことを語り合ったのだった。

＊＊＊

晃と出会って早三ヵ月、ついにふたりは島のホテルでひと晩を過ごした。お互いの身体が熱く溶け合い、極上というに相応しい夜だった。

今もまだ余韻が残っていて、気がつくと頬が緩むのがわかる。これから授業だというのに、全然気合いが入らない。

恋をすると人は変わるというけれど、本当なんだなと思う。映理はもう以前の彼女じゃない。こんなにもひとりの男性を欲しているのだから。

昨日車で送ってもらったときも、名残惜しくて降りられなかった。晃も同じ気持ちだったのか、しばらく見つめ合い、どちらからともなくキスをした。

「ずっと、こうしたかった」

唇を触れ合わせたまま、晃がささやく。甘えたような声音が、映理の胸をきゅんとさせ、恥ずかしさのあまり顔を背ける。

「気づかなくて、ごめんなさい」

「いいんだ。映理のそういうとこも、好きだから」

晃が映理の手に手を重ね、穏やかに言う。辛抱強く待ってくれたのだと思うと、少し意外な気もする。

「晃って、もっとこう、女性には積極的なタイプなのかと思ってた」

「そんなにすぐ、女を口説く男に見える？」

問われてから、プレイボーイのレッテルを貼ったような発言に気づいた。映理はすぐに言葉を訂正する。

「あ、えっと、晃は魅力的だから。女性のほうもほっとかないでしょ？」

「否定は、しないけど」

やっぱり。晃なら相手に困るなんてことはないはずだ。容姿はもちろん、女性の扱い方もスマートなのだから、アプローチされて当然だ。

「……私じゃ、物足りなくない？」

晃が口をとがらせ、映理の額に指先でトンと触れた。まるで幼子を叱るみたいに、優しく諭《さと》す。

「映理のペースに合わせるのが、新鮮だったんだ。こんな慎重に、少しずつ距離を縮めたことってなくて」

そこまで言ってから、晃は急に映理から離れ、真っ赤な顔を窓の外に向けて、ボソッと続ける。

「映理は俺にとって、特別なんだよ」

晃の最後の台詞が、まだ耳に残っている。

映理は車を降りてからも、何度も何度も振り返った。晃はそのたびに、運転席から手を振ってくれた。

晃がキスした場所に触れるだけで、身体がぞくんと痺れる。経験したことのない感覚に襲われ、すぐにでも彼に会いたくなってしまう。

これまでだって、週末は楽しみだった。でもそれとは次元が違う。寂しくて切なくて、晃に恋焦がれているのがわかるのだ。

来週は、どうなるのだろう。

晃と過ごしたい気持ちはあるものの、不安もある。彼が両親に会って欲しいと言ったからだ。

結婚するならともかく、お付き合いの段階でご両親に会うというのは、少々大げさな気もする。会うのが嫌なわけではないけれど、ご両親も困惑するのではないかと思うのだ。

晃としては、一種のケジメのつもりらしかった。

映理が留学中ということもあり、離れてしまう前に、交際を公《おおやけ》にすることで真剣さの証《あかし》としたいのだと思う。それだけ大事にされているわけだから、心配などする必要はないのかもしれないけれど……。

ご両親は、どんな人たちなのだろう？

晃は土地鑑があって、地理にも詳しい。アメリカに住んで長いようだし、もしかしたら親族にはネイティブの人がいる、なんて可能性もある。

晃はミステリアス――。

あまり自分のことを話さないから、一層強くそう感じてしまう。

知らないことばかりなのは気になるけれど、それだけ知っていく楽しみが多いということでもある。多分これから先は、晃もいろんな話をしてくれるはずだ。

映理がポジティブに考えたところで、スマホが鳴った。

こっちに来てから、使うのはメッセージアプリがほとんど。アプリの通知音は聞き慣れているけれど、これは電話の音だ。

映理は胸騒ぎがして、バッグからスマホを取り出す。

ディスプレイに表示されているのは、職場であるタケイホームズの先輩、藤田奈央《ふじたなお》の名前だ。

日本は今、真夜中のはずなのに。

「もしもし」

「藤田です」

声を聞いただけで、何かよくないことがあったのがわかる。そういう憔悴し切った声だった。

「落ち着いて聞いて欲しいんだけど、社長が倒れたの」

自然と口が開き、でも声は出なかった。

ザラザラした何かで、心臓が擦られるような不快感に襲われる。声も手も震えて、スマホがうまく持てない。

「さっき、救急車で運ばれたらしいわ。あまり状況はよくないみたいで、私もまだ詳しいことはわかってないの。……聞いてる？」

「はい」

返事をするのがやっと、だった。さっきまで映理の胸を占めていた晃の存在が、このときだけは消えて、目の前が真っ暗になる。

「大丈夫？」

「はい」

もっと相応しい台詞があるはずなのに、「はい」しか言えなかった。まるで他の言葉を忘れてしまったみたいだ。

「安原さんには、伝えといたほうがいいと思って。とにかくまた連絡するから」

「はい、ありがとうございます」

どうにかお礼だけは言って、電話を切った。

帰らなきゃ――。

早く飛行機のチケットを、その前に退学の手続きをしたほうが。

冷静にならなければいけないのに、何をすべきか考えがまとまらない。今すぐにでも帰国する、それだけしか頭にはなかった。

映理が留学したのは、タケイホームズの戦力になるため。帰る場所がなくなったら、なんの意味もない。アメリカに留まるという選択肢はないのだ。

大学の事務室に向かって駆け出した映理の耳に、バキッという何かが壊れる嫌な音が響いた。振り向くと、自転車がスマホの上を通過している。

見覚えがあった。さっきまで使っていた映理のものだ。

バッグに入れたつもりで、地面に落としてしまったのだろう。映理が慌てて駆け寄ったときには、ガラスが割れ完全に沈黙していた。

普段ならショックだったはずだけれど、そのときの映理は何も感じなかった。それ以上の衝撃が彼女を支配していたから。

自転車に乗っていた男性は謝罪してくれ、弁償するようなことを言っていたけれど、映理は首を左右に振った。

奈央から連絡を受けられないのは困るけれど、映理が日本に戻れば済むことだ。今はスマホひとつに、こだわってはいられない。

一刻も早く帰国する。それだけが、映理に課せられた使命だった。

社長は幸い命を取り留めた。

けれどかなり危ない状況だったのは確かだ。意識はハッキリしているものの、ベッドから起きられないし、退院の目処《めど》も立っていない。

でも社長はまだやれる、と言ってくれた。

その言葉だけで、映理には十分だった。社長が戻る場所を守りながら、社員の皆と待てばいいだけなのだから。

病室で映理の顔を見たとき、社長は一時的な帰国だと思ったようだった。彼を心配して見舞いに来ただけだと。

病人を刺激することはあまり言いたくなかったけれど、映理は大学を辞めたことを社長に伝えた。これから何度も様子を見に来るのに、黙っているわけにはいかなかったからだ。

社長は責任を感じていたけれど、映理が自分で決めたことだ。

道半ばかもしれないが、予想以上に多くのものを吸収できた。戻ったことには一片の後悔もない。

＊

ただ、心残りはある。晃のことだ。

突然の凶報とスマホの損壊。イレギュラーな出来事が立て続けに起こって、晃に知らせる余裕がなかった。

結果的に黙って帰国することになり、相当な心配をかけてしまったはずだ。これから関係を深めていく約束が、何も言わず晃の前から姿を消したのだから、いらぬ誤解を招いていてもおかしくない。

とは言えこの時点ではまだ、それほど深刻には考えていなかった。新しいスマホを買って、事情を説明すれば晃ならわかってくれる。そう、思っていたのだ。

ようやく携帯ショップに行けたのは、日本に戻って一週間ほどしてからだった。急な帰国だったから、とにかくバタバタしていたのだ。

スマホが手元に来てから、映理が真っ先にしたのは、メッセージアプリのインストールだった。

晃との繋がりはアプリだけ。電話番号もメールアドレスも知らない。

週末はあれだけ会っていたのに、と映理自身も意外に思うほどだが、いつも普通に連絡が取れていたから、なんとなくそのままになっていたのだ。

次は両親に紹介すると言っていた晃。きっと次があれば、もっとちゃんと連絡先を交換するタイミングもあっただろうに――。

アプリのインストールは、首尾よくできた。これで大丈夫と安堵したのもつかの間、なぜかアカウントの引き継ぎがうまくいかない。

映理の操作がまずかったのかもしれないが、焦っていた彼女は何を思ったのか、新規登録を選んでしまった。まさか旧アカウントのデータが消去されてしまうなんて、知らなかったのだ。

気づいたときには、晃のデータは消えていた。

「嘘でしょ」

思わず声が出て、映理はスマホを取り落とした。真っ青な顔でスマホを拾い上げ、画面を操作するが、何度見てもデータは消えている。

どうしたらいいのだろう。晃と連絡を取る術はなくなってしまった。

何か方法はないかと思うけれど、晃は自分のことをあまり話さない人だった。映理にはあれだけ寄り添い、親身になってくれたのに。

晃のことを知りたくなかったわけじゃない。でも島で過ごしたあの夜まで、ふたりの関係は微妙で、恋人でもないのに詮索するのはおかしいと思っていたのだ。

お互いに言いたくないことを言う必要はないし、晃が映理に知って欲しいと思うなら、きっと彼のほうから話してくれるはず。

多分全てはこれから、だったのだ。

同じベッドで夜をともに過ごし、何度も愛をささやかれた。晃は映理に未来を約束してくれたのだ。

電話が鳴らなければ、スマホが壊れなければ、きっとふたりは今も一緒にいられた。

そう思うと泣けてくるけれど、誰かのせいにできることじゃない。

ボタンを掛け違っただけで、何もかも変わってしまうことはある。ひとつひとつは些細な不幸かもしれないけれど、重なってしまえば取り返しはつかない。

もう、晃には会えないのだろうか？

信じられない、信じたくない。誰かに嘘だと言って欲しかった。

このまま終わってしまっていいはずはないのだ。だって映理と晃はあんなにも強く結ばれ、求め合ったのだから。

子どもみたいに駄々をこねても、みっともなく神様に縋《すが》ってもいい。

会いたい。心の底から会いたいのだ、晃に——！。

生まれて初めて恋した人。映理の全てを捧げた人。

諦めてしまうには、あまりにも映理は晃を愛しすぎている。彼という存在が、深く刻み込まれてしまっているのだ。

でも映理に何ができる？

晃へ繋がる糸は、完全に切れてしまった。たとえアメリカに戻ったところで、何千万人の中から彼を探し出すことはできない。

――違う。

映理は思い出した。絶望の中にあって、たったひとつの希望。

パレスベイだ。晃の所在に繋がる情報は、勤務先だけ。仕事中に電話を掛ければ、彼の迷惑になるかもしれないけれど、他に方法はなかった。

映理は深呼吸をして気持ちを落ち着け、パレスベイの番号を調べてから、国際電話を掛けた。コール音が二度ほど鳴り、女性の声が聞こえる。

「お電話ありがとうございます。パレスベイでございます」

「あの、スタッフの方で、市岡晃という人はいませんか？」

不躾かもしれないが、他にどう言えばいいのかわからない。女性は困惑した様子で、尋ねる。

「スタッフ、ですか？」

「はい。フロントなのかコンシェルジュなのかは、わかりませんけど。そちらで働いているはずなんですが」

「少々お待ちください」

アップテンポの保留メロディーが、映理の焦燥を誘う。すぐに晃が捕まればいいが、勤務中かもしれないし、休暇を取っているかもしれない。

電話に出てもらえなくても、所在さえ明らかになればいい。映理の電話番号を伝えてもらえば、連絡はとれるはずだ。

メロディーが消え、同じ女性が再び電話に出た。

「申し訳ございません。こちらには、そういった名前の従業員はおりません」

「そんな」

どういうことだろう。晃は確かに、パレスベイが職場だと言ったのに。

「何かの間違いじゃありませんか？　もしかしたら、ルームサービスとかクロークかも」

映理は食い下がるが、女性は気の毒そうに謝罪するだけだ。

「どの部門におきましても、イチオカアキラという名前のスタッフは、在籍しておりません」

もう何を言っても仕方がなかった。いくら女性に詰め寄ったところで、答えは同じなのだ。

「……わかり、ました」

映理は礼を言うのも忘れ、電話を切った。

気づいたらその場に崩れ落ちていて、スマホが床に転がっている。頭がちっとも働かず、自分の置かれている状況が飲み込めなかった。

晃はパレスベイで、働いていない――？

受け入れたくないし、認めたくもなかった。悪夢としか思えないけれど、これが変えようのない現実、らしかった。

……本当は断定すべき、なのだろう。でもあまりにも残酷な現状が、映理に判断を先延ばしさせようとするのだ。

もう、わかっているくせに。晃が素性を偽っていたのだ、と。

女性が映理に嘘をつく必要なんてないのだから、晃が映理を騙していた。そうしか、考えられない。

どうして？　なんのために？

パレスベイが職場だと言えば、映理が信用すると思ったのだろうか。

確かにあれだけの高級ラグジュアリーホテルなら、スタッフだって身元の確かな人だろうと考える。実際に映理だって、そう思った。

留学中でいずれは帰る、若い女性。信頼させれば、どうにでもなる。晃は後腐れなく遊べる相手だと踏んだのかもしれない。

晃の優しさや気遣いは、全てまやかしだった。それが真実なら絶望しかないけれど、他に説明のしようがなかった。

愛して、いたのに。

自然と涙がこぼれ落ちた。

最初のひと粒が床に染みを作ると、もう止められなかった。

あとからあとから溢れる涙、漏れる嗚咽《おえつ》。

両手で顔を覆っても、指の隙間から涙が滲み、泣きじゃくる声は部屋に響く。

楽しかった思い出ばかりが頭に浮かび、映理の悲しみはより深く、より重苦しくなっていくようだった。

何もかもが初めてで、晃には多くを教えてもらった。彼とならこれから先も、たとえ日本に戻ったとしても、お互いを尊重し合った関係を続けられるはずだった。

まさか、騙されていたなんて。

恋をしたこともなく、異国で相談相手も少ない映理を引っかけるのは、とてもたやすかっただろう。晃の本性を見抜けなかったことが悔しく、怒りさえ湧いてくる。

それなのに、どこかで晃を信じているのだ。

まだ晃を愛している。そんな簡単に憎むなんてできない。

映理は相反する複雑な感情を、自分の中で処理できずに、ただただ泣くことしかできなかった。

第二章　ママじゃない

映理は差し入れの焼き菓子セットを抱えながら、リノリウムの床を足早に歩いていた。久美が切迫早産で入院したのでお見舞いに来たのだ。

現在久美のお腹にいるのは第二子で、彼女にはすでに洋輔《ようすけ》という息子がいる。まだ七ヶ月くらいなのに、彼はママと離ればなれ。可哀相に思うが、こればかりはどうしようもない。

「あら、いらっしゃい」

病室に入ると、久美が読んでいた雑誌から顔を上げた。

「なんだ、元気そうじゃない」

映理がホッとして笑うと、久美は頬を膨らませる。

「なんだとは何よ。入院するまで大変だったんだから」

「大変なのはお母さんでしょ？　ひとりで洋輔の面倒を見てるんだから」

久美の夫が単身赴任することになり、義両親が遠方に住んでいることもあって、身重の彼女は洋輔共々実家に身を寄せていた。

長年学校事務をしていた母は、昨年退職したばかり。ちょうどいいタイミングでよかったと言っていたけれど、想定外の入院に難儀しているはずだ。

「そのお母さんが、階段を踏み外したのよね」

「え、大丈夫なの？」

「あんまり大丈夫でもないのよ。膝を痛めたみたいで。二、三週間は安静にしていないとダメらしいわ」

久美は頬に手を添え、悩ましい様子で首を傾げる。

「てことは今、洋輔は？」

「自治体に相談して、ショートステイを利用してる。でも乳児院は一週間しか預かってくれないのよね」

「そうなんだ……。どこかいいところがあるといいけど。私も手伝おうか？」

映理が丸椅子に腰掛けると、久美は顔の前で両手を合わせた。

「ありがとう。じゃあ洋輔をお願いできる？」

にっこり笑う久美を見て、耳を疑う。彼女が実家に戻ってから、確かに映理は時間の許す限り洋輔の世話をしてきた。

しかしそれは、あくまで補助。本格的な子育てなんてできるはずがない。

映理は手を大きく左右に振って、発言を訂正する。

「違う違う、私は施設を探すのを手伝うって言ったの！」

「わかってるわよ。それはそれとして、洋輔を預かってって言ってるの」

久美は大真面目な顔をしていて、映理は呆気《あっけ》にとられてしまう。

「まさか、本気？」

「うん」

昔から久美は決断が早い。そして決めたら、絶対にやり遂げるのだ。映理は頭が痛くなってきて、右手でこめかみを押さえる。

「待ってよ。私にそんな大役務まるわけないでしょ」

「だから二週間だけよ」

期間の問題じゃない。久美は何を根拠に、映理に任せられると思ったのだろう。

「そりゃ力にはなりたいけど、私には無理だってば」

「洋輔は映理に懐いてるから、大丈夫。日中は託児所に預けておいて、夜だけ面倒を見てくれればいいの」

「夜って、そんな、母乳が出るわけでもないのに」

赤ちゃんと言えば、夜泣きをするイメージがある。数時間おきに起こされ、ミルクをあげることを想像すると、映理にできるとは思えない。

「離乳食を食べられるようになってから、夜は……それほどは泣かなくなったわよ」

今の沈黙はなんだったのだろう。あらぬ方角を見る久美が、何かを隠しているようでちょっと怖い。

「離乳食なんて、私作れないよ」

「二週間くらいなら、ずっと市販品でいいわよ。そのほうがしっかり栄養が摂《と》れるって話もあるし」

「いつあげるの？　ミルクも飲むんでしょ？」

「離乳食は朝に一回でいいわ。洋輔が食べたことあるものばかりにするから、まぁ大丈夫でしょ。あとはオムツ替えて、お風呂に入れてくれるだけでいいから」

久美は簡単に言うが、ふたりのアシストしかしていない映理に、軽くできることではないだろう。何せ人の命を預かるのだ。

「責任取れないよ。仕事柄土日も出勤だし。託児所って週末は休みでしょ？」

「土日も預かってくれるところを探したから、差し支えないわ」

「でも」

「私だって初めてだったけど、やれたんだから。映理もいつかは結婚して、子どもを産みたいって思ってるんでしょ？　予行演習だと思えばいいじゃない」

「相手もいないのに……」

ぼやく映理の頭に浮かんだのは、晃の顔だった。

もう一年半以上経つのに、まだ映理は晃のことを引きずっている。嘘をつかれ、会うことさえ叶わない人を、どうしても忘れられないのだ。

何か事情があったのではないかと、未だに思う。晃の口からちゃんと説明されるまでは、彼の愛を信じたい。

可能性なんてほぼゼロだとわかっているのに、映理はそんなことばかり考えていて、次の恋へ一歩も踏み出せずにいるのだ。

「お母さんも私も、サポートするから。ね、お願い」

久美に頭を下げられ、映理はそれ以上拒絶することができなかった。本番のない予行演習なんて意味はないけれど、これも家族のためだ。

「わかった。できる限りやってみる」

「ありがとう。映理なら、そう言ってくれると思ったわ」

なんだか久美にうまく乗せられた気がするけれど、現状映理にしかできないことなのだから頑張るしかない。

「とりあえず、オムツとミルクと離乳食と、あとはなんだろう。専用のお風呂？　あ、ベビーベッドもいるかも」

「二週間なんだし、そんなに気負わなくていいわよ。お母さんが必要なものをまとめといてくれてるから大丈夫。どうしても不安なときは、実家においでって言ってたし」

　久美の口ぶりだと、母の膝はそれほどひどくはないようだ。

　きっと日常生活は送れるのだろう。ひとりで洋輔を見るのは無理でも、映理とふたりならと思っているのだ。

　ありがたいけれど、母に甘えるわけにもいかない。一度くらいは顔を見に行くかもしれないが、基本的にはひとりで乗り切ることを考えるべきだ。

「じゃあ実家に行って、いろいろ受け取ればいいのね。その間は自炊もできなさそうだし、冷凍食品とか買い込んでおかなきゃ」

「悪いわね。恩に着るわ」

　久美がまた礼を言い、何か思い出したように、ベッドサイドのキャビネットから封筒を取り出す。

「これ、少ないけどお礼ね」

「いいわよ、お礼なんて。家族なんだから助け合わなくちゃ」

「いいから取っときなさい。どうせ私は行けないし」

行けない？　もしかして中身はお金じゃないのだろうか。映理が封筒を開くと、パレスベイ・ジャパンのイベントチケットだった。

同封のチラシには、イルミネーション輝く特設会場の写真が掲載されている。ガラス細工のオーナメントや民芸品、ホットワインなども販売されるようだ。

「どうしたの、これ？」

「雑誌の懸賞で当たったの。めちゃくちゃ人気あるイベントなんだから」

「会場がパレスベイ・ジャパンだもんね。値段も高そう」

パレスベイというところに、因縁めいたものを感じた映理だったけれど、日本法人だしそもそも晃とは無関係のホテルだ。気にするようなことではない。

「本当は私が行きたかったんだけど、こんな身体だし。映理が楽しんできなさいよ。洋輔も一緒に」

「え、洋輔も？」

チラシを見れば移動型メリーゴーランドなどもあり、ベビールームも完備されているようだ。ただどことなく、デート向きという気はする。

「このイベント、来週までなのよね」

久美が肩をすくめて、チケットの日付部分を指さす。本当だ。イベントのほうにばかり意識が向いて、日付まで見ていなかった。

「子連れで楽しめると思う？」

「お子様連れも歓迎、って書いてあるじゃない」

「それは、そうだけど……」

子育てに慣れない映理が洋輔を外に連れ出して、万が一何かあったら。家で大人しくしているほうが安全な気がする。

久美はそんな映理の気持ちを察してか、明るい調子で言った。

「ホテルのベビールームに預けられるなら、家にいるより楽だと思うわよ。映理は普段から洋輔の面倒を見てくれてるんだし、お出かけくらいどうってことないわ」

きっと久美なりに気遣ってくれているのだろう。せっかくの好意を無下にしたくなくて、映理はにっこり笑って見せる。

「そうね。行ってみようかな」

「うん、そうしてちょうだい。ついでにお土産もよろしくね」

それが目当てのような気もするが、高額チケットを譲ってくれたのは事実。パレスベイ・ジャパンなんて、こんなことでもないと足を踏み入れることはない。

いい機会だから、ベビーシッター代として楽しむのもいいかもしれない。映理は心が少し浮き立つのを感じながら、チケットを鞄にしまったのだった。

＊

「へぇ、甥っ子を預かることになったんだ」

社内で昼食を食べながら、映理は奈央に事情を話していた。この二週間は託児所に洋輔を迎えに行く都合で、定時に帰らせてもらう必要があったからだ。

「そうなんです。実家でミルクの作り方を習ったりしてますよ」

「大変ねぇ。私も独身だから、急に赤ちゃんを預かってなんて言われたら、困っちゃうわ」

奈央が同情してくれ、映理は頭を下げる。

「すみません、ご負担をかけて」

「気にしないで。数時間とはいえ社長が復帰したし、このところ社内も平常運転になってきてるから」

半年強で退院した社長は、現在会社に顔を出せるまでに回復している。リハビリのための通院は続いているが、それでも大きな進歩だ。

「やっぱり社長がいると、雰囲気が明るくなりますよね」

「そうね。社長あってのタケイホームズだから」

社長不在の間、会社を維持していくのは、なかなかに困難なことだった。

小さな工務店だからこそ、社長自身が積極的に営業をし、人柄と技術力を気に入ってもらって、タケイホームズを選んでもらう。

長年そういうスタイルでやってきたから、社長が抜けるとどうしても新規のお客様を獲得することが難しかったのだ。

映理たちにできたのは、話が進んでいるお客様を不安にさせないこと。そしてホームページを刷新し、ブログを始めるなどして、新規顧客を獲得することだった。

スタッフひとりひとりが、いつも以上に丁寧な仕事を意識し、社長が抜けた大きすぎる穴を埋めるべく努力してきた。

今やっとそれが実を結び始めたところ、なのだ。

「もしかして、僕の話してる？」

いつの間にか後ろに立っていた社長が、映理と奈央の会話に入ってきた。彼を褒めていたのだから、聞かれてマズいことはないけれど、ちょっと恥ずかしい。

「社長は頼りになりますね、って話ですよ」

奈央が社長に笑いかけ、彼は上機嫌で胸を反らす。

「嬉しいこと言ってくれるね。でもまぁ今後は新しく人を雇って、個人のお客様だけじゃなく、オフィスの内装工事なんかも手がけていきたいと思ってるんだ」

初めて聞く話だった。復帰したとは言っても、社長はまだ健康に不安を抱えているからだろうか。

「社長の負担を分散させる、ってことですか？」

映理の問いに、社長は軽くうなずく。

「今回のことで、僕も懲《こ》りてね。タケイホームズの方向性を模索して、いろいろやってみるつもりだよ」

大病をして、社長も思うところがあったのだろう。これからタケイホームズがどうなっていくかはわからないけれど、映理は彼についていくつもりだ。

「そういやさっきちらっと聞いたけど、安原さん甥っ子を預かるんだって？」

そんな前から話を聞いていたのか。映理は頬をかきながら答える。

「ええ、はい」

「子どもの扱いには、慣れといてくれるとうちとしても助かるよ。出産とか子供の入園、入学を機に家を買うお客様が多いから」

「ですよね。うちにもキッズスペースがありますし」

奈央が社長に同意するのは、実際にお子様連れで打ち合わせにいらっしゃるお客様が、少なくないからだろう。

子育てのしやすさというのは、間取りを考える上でも重要視される。洋輔を預かることは、いい経験になるかもしれない。

「何かあったら、遠慮なく言うようにね」

「そうそう。場合によっては、早引けしてもいいから」

不規則な勤務時間になりがちの仕事で、社長と奈央が理解を示してくれるのは、本当に助かる。それもこの職場だからこそだ。

「ありがとうございます」

周囲の人のサポートがあれば、仕事のほうはなんとかなるだろう。あとは二週間無事に洋輔を守り切るだけだ。

緊張と使命感を抱きながら、映理はお弁当の残りを口に運ぶのだった。

「はぁ、ただいま」

託児所に洋輔を迎えに行き、映理は自宅に戻ってきた。ワンルームの狭い玄関に、ベビーカーを置いて彼を抱き上げる。

「うーあー」

ママがいないから、もっと泣くのかと思っていたけれど、洋輔は意外と大人しい。彼もこの状況に慣れ始めているのだろう。

このアパートは単身者用で、子育ては本来NG。二週間だけとは言え、もし苦情が来たら実家に預けるしかない。

そうならないためにも、洋輔には静かにしてもらわないと。映理は実家から借りてきた簡易ベビーベッドの上にそっと彼を寝かせて、祈るような気持ちで頭を撫でた。

ハイハイしても危なくないように、ちゃぶ台は片付けたし、TV台にはコーナークッションをつけた。突貫工事だけれど、洋輔が安全に過ごせる環境は整えたはずだ。

「待っててね、今ミルクを作るから」

哺乳瓶を煮沸消毒して、粉ミルクを入れる。ポットのお湯を注いだところで、洋輔が泣き出した。

「わ、待って待って。もうすぐだから」

慣れないミルク作りと、急かすように泣く赤ちゃん。世のお母さんは、本当に大変だと思う。

どうにかミルクを作り、人肌に冷めたところで、洋輔を抱き上げる。

「よーしよし、泣かないで」

映理は洋輔を抱え、哺乳瓶を口元に持っていく。

「ンクンクッ」

洋輔がミルクを飲み始め、部屋が静かになる。映理は胸をなで下ろし、改めて赤ちゃんの愛らしさを実感した。

腕に伝わる熱と重さ、しっとり濡れた黒い瞳とスベスベでぷにぷにのほっぺ。こんなに小さい身体で、洋輔は一生懸命に生きている。

生命の神秘に感動するし、今は自分だけが洋輔を守れるのだと思うと、母性のような感情が生まれてくる。

「美味しい？」

返事ができるわけじゃないけれど、なんとなく話しかけてしまう。そうやってお母さんと赤ちゃんは、心を通わせていくのだろう。

「はい、全部飲んでえらいねぇ」

映理は哺乳瓶を置くと、洋輔を縦に抱いて、背中を左手で軽くさする。右手に触れるオムツが、ずっしりと重い。そろそろ交換してあげたほうがいいようだ。

オムツ替えは何度か手伝ったことがあるし、問題ない。実家から大量に持ってきたから、足りなくなることもないだろう。

ミルクをあげてオムツを替えて、意外とやれそう？　と自信を持ったところで、ふわっと大の臭いがする。

「嘘、今、オムツ替えたところなのに。どうしよう、また替えたほうがいいのかな。あ、ていうか、もうそろそろお風呂かも」

映理は慌ててオムツを交換するが、なぜか洋輔はぐずったまま。お風呂を沸かし、冷凍食品で軽く夕食を済ませる間も、彼はずっと泣きっぱなしだ。

「私も、泣きたいよ……」

ため息とともにつぶやき、映理は久美の苦労を思う。きっと彼女も毎日こんな感じで、バタバタしていたのだろう。

お湯が沸き、映理は洋輔と浴室に入った。お風呂マットも借りておいたので洗い場でも安心だ。

シャワーでお尻周りの汚れを丁寧に落とすと、洋輔はやっと落ち着いたようだった。

お風呂は好きらしく、ベビーソープで洗ってあげるとくすぐったそうに笑う。

「きゃっ、きゃ」

洋輔の機嫌がいいうちに、映理は大急ぎで自分の髪や身体を洗った。時間が短すぎて洗った気がしないけれど、しばらくは仕方ない。

映理は洋輔と一緒に湯船に浸かると、慌ただしく浴室を出た。母のアドバイスどおり、エアコンをつけて着替えセットを用意してある。

「さぁ、綺麗になったねぇ」

準備をしておいたおかげで、さっとオムツがつけられる。さすが年の功だと、母に心の中で感謝する。ホッとして自分の着替えを済ませると、洋輔のスキンケアを始めた。

「わぁ、スベスベー」

洋輔の柔らかい肌が、しっとりと潤っていく。大人しく塗らせてくれるのは、気持ちいいからだろうか。

「うー、ぁー」

こうしていると、赤ちゃんはやっぱりとっても可愛い。ぷるぷるの肌に頬ずりすると、自然と笑みがこぼれてしまう。

再びミルクをあげると、洋輔の瞼はだんだん重くなってきたようだ。お布団に寝かせ、お腹をトントンとなでてあげる。

「ねーんねーん、ころりーよー」

子守歌を歌ってあげると、洋輔はすぅすぅと寝息を立て始めた。眠ってくれた。映理は緊張の糸が切れたみたいに、その場に倒れ込む。

なんて大変な一日だったんだろう。

今日だけでもすごく疲れているのに、これが二週間も続くのだ。正直ゾッとするけれど、隣で眠る洋輔を見ると、その愛らしさに頬が緩む。

きっと辛いことがたくさんあっても、この寝顔に癒やされるのだ。赤ちゃんとともに暮らしながら、皆だんだんママになっていくのかもしれない。

映理もいつかは、ママになれるのだろうか？

今はまだそんな自分を想像できない。時々、もう二度と恋はできないんじゃないかとさえ思うのだ。

たとえ裏切られも、晃を吹っ切れない。振り返れば、幸せだった過去がいつでもそこにあるから――。

連日夜中に起こされ、映理は深刻な睡眠不足だった。

やっぱり洋輔は泣くのだ。赤ちゃんだから当たり前なのだが、久美の意味深な沈黙はこういうことだったのだと思う。

＊

母に電話で相談すると、離乳食を二回にしてみたらと言われた。帰ってからのミルクをベビーフードにするのだ。

最近は時々そうしていたらしいのだが、映理の負担を気にして、久美は一回と言ったのだろう。

さっそくチャレンジしてみたのだが、ほんの少し改善した程度。まだまだ洋輔は寝てくれない。

救いは大きなトラブルもなく、洋輔が元気に過ごしてくれていることだ。可愛らしい笑顔を向けてくれるから、なんとか頑張れている。

「うぅ、もぅ起きたくない」

今日は待ちに待った水曜日だった。タケイホームズの定休日は、水曜日と祝日なので、映理にとっては久しぶりのお休みだった。

このまま寝ていたい気もするけれど、久美にイベントに行くと言った手前、ベッドの中で一日を終えるわけにもいかなかった。お土産も頼まれていることだし、数時間だけでも見に行ければ。

映理は眠い目を擦りながら、えいやっとベッドから起き出す。洋輔は明け方にミルクを飲んだので、まだスヤスヤと眠っている。

今のうちとばかりに、映理は身支度を始めた。洗面台の鏡に映るのは、疲れ切った自分の顔。目の隈《くま》を化粧でごまかし、どうにか見られるようにする。

映理は部屋に戻り、ベビーベッドで眠る洋輔を気にしながら、静かにクローゼットを開けた。

チラシで見たような素敵な場所に行くのだから、少しはお洒落をしたい。

一度はワンピースを手に取ったものの、結局映理はタックパンツを選んだ。洋輔を連れて行くのだから、動きやすいほうがいいと思ったのだ。

服装を決めたところで、洋輔がふぎゃふぎゃと泣き始める。きっとミルクだ。映理はクローゼットを閉めて、台所に向かった。

出発の準備が整ったのは、それから一時間後。ベビーカーの洋輔が風邪を引かないように、ブランケットや毛布でしっかりくるむ。

「さて、行きますか」

ミルクやオムツも持っているので、かなりの大荷物だ。赤ちゃんと一緒に出かけるというのは、大仕事だと思う。

こんな状態でホテルに行って、浮かないだろうか？

少し心配になるけれど、場違いならちょっとだけ散策して帰ればいい。雰囲気さえ感じられれば十分だ。

映理は最寄り駅に向かいながら、今まで道路の状態をこんなにチェックすることはなかったなと思う。ベビーカーを押すようになって以来、アスファルトのひび割れや、ちょっとした段差に心を配るようになったのだ。

普段は気にならない問題が目に付く一方で、エレベーターのありがたみも実感する。とてもじゃないが、ベビーカーを担いで階段を上るなんてことはできない。駅がバリアフリー化されていなければ、外出は断念していただろう。

どうにかプラットホームにたどり着き、映理は電車に乗った。洋輔が泣いたらどうしようと思ったけれど、幸い静かにしてくれている。

電車を幾つか乗り継ぎ、映理は目的の駅で改札を降りた。パレスベイ・ジャパンは駅直結のホテルだから、エントランスはすぐそこだ。

緊張しながら足を踏み入れると、芸術的なオブジェに迎えられる。上品でシックな内装は、まるでギャラリーのようだ。

フロントは四十階。もうこの段階で、別世界のような気がする。エレベーターを降りると、見上げるほど天井の高いロビーに出た。

広々とした空間に、ゆったりとテーブルが配置され、生演奏のピアノが流れている。ここでコーヒーを飲んでいるだけで、普通の人には見えない。

映理がフロントでイベントチケットを見せると、入場券と特設会場内の利用券を渡してくれた。その他にパンフレットというには、いささか立派すぎる冊子をくれる。開いてみると会場の案内図だった。時間によっては聖歌隊の歌が聴けたり、パレードが行われたりもするらしい。

トンッ。

パンフレットを見ながらベビーカーを押していたせいで、映理は前方を歩いていた男性の足にぶつかってしまった。

「すみませんっ」

映理が慌てて謝罪すると、背の高い男性が振り返った。

「いえ、大丈夫ですよ」

目が合った途端、男性は立ちすくみ、映理は言葉を失ってしまう。

時が止まったみたいに、身体も頭も動かない。瞬きもできず、思考も停止して、呼吸することさえ忘れていた。

だってそこにいたのは、晃、だった。

昔より髪が短く整えられ、かっちりとしたスーツ姿だったけれど、映理が見誤るはずがない。

もう幾度、映理は晃を偲んできたか。電車に揺られているとき、スーパーで買い物をしながら、眠りに落ちる瞬間……。

意図していたわけじゃないけれど、なんでもない日常の中で、ふと晃の面影が蘇《よみがえ》ってしまうのだ。映理自身ではコントロールできない、彼を追い求める感情。どうしようもない気持ちに抗えず、涙したこともあった。

苦しさのあまり、素性を偽った晃を恨もうともしたし、あの夜は幻だったと思い込もうともした。

それでも、忘れられない人だった。

今、ハッキリとわかる。心の底にある晃への愛は変わっていない。

どんなに自分を騙そうと、ごまかそうと、映理は晃を愛している。それを自覚させられてしまった。

一瞬で過去に引き戻され、胸がときめく。

あの指が、あの唇が、どんな風に甘く映理に触れたか。全てが昨日のことのように思い出され、鮮烈な感覚となって映理を襲う。

恋情が溢れ出し、今にも晃に抱きついてしまいそうだ。口を開けば言葉が迸《ほとばし》り、彼への愛を語っただろう。

映理を自制させているのは、ふたりの間のベビーカーと、晃のいかにも上流階級の人という出で立ちだった。

ネクタイも足元も、シンプルながら上質なものだとひと目でわかる。映理とは違い、全てがこの場に相応しいのだ。

「……映理、なのか？」

晃が口を開いた。

心地よく懐かしい声が、どこか自信なさげなのは、目の前にいる映理を信じ切れないからだろうか。

何度も目を擦り、瞬きをする。これが現実なのか確認しているみたいだ。

映理と同じく、いやそれ以上に晃は心を揺らしていた。手を伸ばそうとして握りしめ、一歩踏み出しても、なぜかそこで足を止めてしまう。

高貴で独特な空気を纏う晃が、映理を前にして葛藤し、駆け寄ることを躊躇している。その事実が、彼女を少し安堵させてくれた。

晃は映理を忘れていないばかりか、彼女に悪い感情も抱いていない。顔を合わせるのも嫌なら、とっくに踵《きびす》を返しているだろう。

突然の再会に、ふたりとも戸惑っている。ただ、それだけだ。

「久し、ぶり」

こういうとき、どんな顔をするのが正解なのだろう。わからないけれど、とりあえず微笑んでみる。

映理が笑顔を見せたからか、晃が強ばった表情を緩めた。全身を脱力させたかと思うと、急に動きを止める。

「この子は」

ベビーカーの中の洋輔に、晃はたった今気づいたらしかった。目を大きく見開き、突然その場にひざまずく。

周囲の視線も構わず、晃は洋輔の顔を食い入るように見つめ始めた。触れこそしないものの、何かを確かめてでもいるのか、洋輔の全身にくまなく目を走らせる。

「え、ちょ」

困惑した映理が顔を上げると、周りにいた人たちも何が起こったのかと、こちらを気にしている。立派な紳士がここまで激しく動揺しているのだ、彼女だって同じことが目の前で起こったら、奇異の目で見てしまう。

そんなにも赤ちゃんが珍しいのか、洋輔が可愛らしいのか。

映理は理解が追いつかないまま、ベビーカーを引くことも、晃を窘《たしな》めることもできずに固まってしまう。

「うぅーあー」

知らない男の人にのぞかれたせいか、洋輔がむずかり出した。晃の瞳が鋭すぎるのだろう。

「晃、笑ってあげて」

映理も晃の隣にしゃがみ、人差し指を口角の近くにあてて笑顔を作る。

「怖くないよー、ねー？　ほら、晃も」

「こう、か？」

晃が同様にして歯を見せると、洋輔はキャッキャと笑い出した。小さな手を伸ばし、晃に触れようとする。

その仕草はとても愛らしく、晃は完全に心を奪われてしまったらしい。感極まった表情は、どこか泣きそうにも見える。

「CEOいかがされましたか?」

近くにいた秘書らしき女性が、晃に駆け寄ってきた。彼女の美しさにも驚いたけれど、その発言に映理は耳を疑う。

聞き間違いでなければ、晃のことをCEOと呼んだのだ。

晃がパレスベイの、世界でも有数の高級ホテルグループの、最高経営責任者——?

「うそ」

思わず声が出て、映理は慌てて口を押さえた。

どういう、ことなのだろう。本当に本当なのだろうか?

とても信じられないし、そんな可能性は考えもしなかった。まさか晃が、それほどの立場にいる人だったなんて。

映理の知る晃は、仕事や人間関係に悩む、ごく普通の男性だった。スーツ姿なんて見たことがなかったし、彼女を週末ごとに連れ出せるほど、時間に余裕がある人なのだと思っていた。

でも目の前にいる晃は、CEOだとしてもおかしくないのだ。隣でひざまずいていても、ハイクラスの人間だけが持つオーラみたいなものを感じる。

きっと晃は映理といるときには、意識してそれを消していたのだろう。彼女に悟られまいとして。

「申し訳ないが、イベントの視察は一旦保留にして欲しい。急用ができてしまってね。今後のことはまたこちらから連絡する」

やけに早口な晃の指示にも、女性は眉ひとつ動かさなかった。有能な秘書というのは、急な予定変更にも瞬時に対応するのだろう。

「はい、かしこまりました」

秘書が退いたのを確認してから、晃はようやく立ち上がった。それでもベビーカーの中の洋輔から目を離すことはない。

「可愛い子だ」

晃が洋輔を見る瞳は、驚くほど優しい。映理が許せば、今にも抱き上げて、頬ずりしそうな勢いだ。

「ありがとう」

とりあえず礼を言い晃の傍らに立ったものの、映理はこのあとどうすればいいかわからなかった。あれほど彼に会いたい話したいと思ってきたのに、いざ目の前にいると何も言えない。

これが奇跡的な再会だけであったなら、映理だって話をしようと思っただろう。でも晃がCEOだと判明した今、彼女との未来なんて存在しない。心の傷つきを自覚していたものの、過去を蒸し返しても彼には迷惑なだけだ。

本当は黙って帰国したことだけでも謝罪したいけれど、この期に及んで言い訳にしかならないだろう。それに今は洋輔を連れている。

この状況なら、きっと晃は映理が母親だと思っているはずだ。甥だと説明すべきかもしれないが、彼が誤解しているならそれでいい。彼女には新しい生活があると察してくれれば、穏便にこの場を去れるだろう。

晃はパレスベイのCEO。映理のような者が、懇意にしていい人じゃない。

映理はベビーカーのハンドルを両手でぎゅっと握りしめ、胸の痛みに耐えながら、下を向いて口を開く。

「それじゃ、私はこれで」

「少し話さないか」

思いがけない晃の言葉に、映理は顔を上げた。彼は彼女の手元と洋輔を交互に見つめ、何かを確信した様子で付け加える。

「さっきの、聞いてただろ？　予定は保留になったから」

秘書に伝えていた急用とは、映理のため？

パレスベイのCEOが、映理なんかを特別扱いしてくれている。恐れ多くて、身がすくむ思いだ。

「でも」

「そんなに時間は取らせない。ダメか？」

映理よりずっと多忙なはずの晃が言う台詞じゃない。彼は彼女との会話を心から望んでいるのだ。

本当は映理だって話がしたかった。晃がその機会をくれるなら、同じ気持ちでいてくれるなら、ありがたく受け入れるべきなのかもしれない。

「わかった、けど、ここで？」

「場所を移動しよう。俺についてきて」

晃が先に立って歩き出し、映理はベビーカーを押して彼のあとを追う。

エレベーターホールでもエレベーターの中でも、ふたりは無言だった。昔は顔を合わせた瞬間、意識せずとも言葉が溢れ出していたのに。

一年半は決して短くない。

ふたりの関係や気持ちを変化させるには、十分すぎる時間だ。

寂しいけれど、致し方ないことだと思う。

一番心残りだったのは、きちんと会って、晃に帰国を伝えられなかったこと。今日けりをつけられるなら、それだけでも感謝するべきなのだ。

「どうぞ、入って」

晃が案内してくれたのは、執務室のような場所だった。

大きなデスクと、豪華な応接セットが設《しつら》えられている。窓の外には都心の見事な眺望が広がり、さすがCEOの居室という雰囲気だ。

「何か、飲む？」

晃が電話を取り上げたので、映理は急いで手を左右に振る。彼がどういうつもりかはわからないが、あまり長く滞在したくない。

「ううん、大丈夫」

これ以上晃に気を遣わせる前に、話すべきことを話しておこう。映理は彼に促されてソファに腰掛けると、すぐに「ごめんなさい」と言った。

「黙って晃の前からいなくなったこと、怒ってるよね？」

晃は軽く目を伏せ、寂しそうに答える。

「怒るというより、自己嫌悪かな。やっぱり急ぎすぎたんじゃないかって」

もしかして晃はこの一年半、自分を責めてでもいたのだろうか。彼に身を委《ゆだ》ねることは、映理自身が決めたことなのに。

「晃は何も悪くない！」

思わず大きな声が出てしまい、晃がびっくりした顔をする。映理は真っ赤になったものの、息を整えて詳しい事情を話す。

「帰国したのは、社長が倒れたって電話があったからなの」

「そんな、ことが……」

予想外だったのか、晃は大きなショックを受けたようだった。彼の様子を窺いつつ、映理はずっと言えなかった言葉を紡いでいく。

「今は社長も復帰しているけど、万が一のことを考えたら、会社のためにも退学するしかなくて。すぐ晃に伝えなきゃいけなかったのに、私、気が動転してスマホを壊しちゃったから」

「その状況なら、仕方ないよ」

晃は映理を責めなかった。ただ悲しそうにうつむいて続ける。

「心配してた、だけなんだ。送ったメッセージがずっと既読にならないし、そのうちリストから映理の名前が消えて、だから、避けられてるのかと」

あのとき、映理は自分のことで精一杯だった。晃がどれほど心を痛め、傷ついたかを想像すると、申し訳なさで頭を上げられない。

「私がいけないの。新しいスマホを買ったのに、アプリの引き継ぎに失敗しちゃったから。アカウントまで消しちゃうなんて、本当にドジだよね」

映理が自嘲すると、晃が息をのむ気配がした。ひどく悔やんだ様子で、固く拳を握りしめる。

「すまない、俺のせいだ。アプリでしか連絡を取ってなかったから」

「晃が謝ることじゃないよ」

映理だって、メールアドレスも電話番号も聞かなかった。晃だけの責任だとは思っていない。

「名刺を渡せば済むことだと、わかってたんだ。でも映理の、俺を見る目が変わる気がして、……怖かった」

晃は自分のことをあまり話さなかった。そんな理由が秘められていたなんて、想像もしなかった。

でもきっと、晃の危惧したとおりになっていたと思う。パレスベイのスタッフというだけでも、少し気後れしていたのだ。CEOだと知っていたら、映理はあんなにも気軽に会うことはできなかっただろう。

「実は私、帰国してから一度、パレスベイに電話したことがあるの」

最早言っても仕方のないことだ。わかってはいたけれど、晃に対する想いが嘘だとは、思って欲しくなかったから。

映理の言葉を聞き、晃がハッとした顔をする。

「でも市岡晃という従業員は、いませんって言われちゃって。そりゃあCEOだったら、取り次いでもらえないよね」

「俺も、探そうとしたんだ。大学に行ったけど、何も教えてもらえなかった」

その事実だけで、もう十分だと思えた。晃と映理は、間違いなく愛し合っていた。少なくとも、一年半前のあのときは。

「日本には、仕事で？」

自らを責めるほどに、後悔している晃を見ているのが辛く、映理は話題を変えた。

彼は眉間の皺を緩めて答える。

「あぁ。本当に、たまたまだった。来月だったら、もう日本にはいなかったよ」

さすがCEOだ。パレスベイは世界中にホテルがあるし、晃もひとつところにとどまるというわけにはいかないのだろう。

スケールが違う――。

改めてそう思った。再会できた喜びはあるけれど、これなら会わないほうがよかったかもしれない。映理は二度、晃と別れなければならないのだから。

それでも、晃との出会いは正しかったと信じたい。映理は彼によって、愛を教えられ、幸福の意味を知った。

この感情は、きっと映理の財産になるだろう。これから先も、晃を愛したという事実が、彼女の支えになってくれる。

だったら、笑うべきだ。たとえ苦しさを隠してでも。

「今日はありがとう、時間を作ってくれて。あんな形で別れたこと、ずっと気になっていたから、ちゃんと話せてよかった」

「ちょ、待って」

立ち上がりかけた映理を晃が制するが、もう話すことはなかった。これ以上ここにいても、ふたりの世界の隔たりを突き付けられるだけだ。

「ふぎゃぁ、ほぎゃあ」

映理を急《せ》かすかのように、洋輔が泣き出した。彼女はそっと彼を抱き上げ、優しくあやす。

「ごめんね、お腹減っちゃったかな」

晃と話し込んで、結構な時間が経ってしまった。久美のお土産だけ買って、早めに帰らなければ。

「ベビールームに案内しよう。給湯器もシンクもある」

「忙しいのに、これ以上は」

「いいから」

晃は有無を言わさず、空のベビーカーを押して執務室を出る。

イベントのチラシには、ベビールームの存在が明記されていた。場合によっては預けることも考えていたが、長居をするつもりはないのだ。

「私は大丈夫。授乳室でミルクをあげたら、帰るつもりだし」

「あまり寝てないんだろ」

図星を指され、映理は返答に窮してしまう。そんなに顔色が悪いのかと思うと、晃の前に立っていることが恥ずかしくなる。

「少し休むといい。俺専用の仮眠室があるから」

「ダメよ、そんな迷惑かけられない」

「迷惑なんかじゃない！」

すごい剣幕だった。心から映理を案じてくれているのがわかる。晃は以前とちっとも変わっていないみたいだ。

「お願いだから、言うことを聞いてくれ。悪いようにはしない」

懇願するように言われ、映理はそれ以上拒否することができなかった。

初めてのお出かけ、晃との再会と、映理は確かに緊張続きだった。心身ともに疲労しているのは事実なのだ。

「ありが、とう」

「礼なんかいい。俺がしたくてしてるだけなんだから」

晃がやっと笑ってくれ、映理は胸が締め付けられる。こんな風に優しくされたら、別れが辛くなるだけなのに。

第三章　Side晃

映理の赤ちゃんは、ミルクを飲んで満足したようだった。ベビールームのスタッフは有資格者だし、経験も豊富だ。トラブルがあっても対処してくれる。映理も仮眠室に案内したし、きちんと休んでくれるだろう。多分できることは全部したはずだ。

晃は執務室にある椅子に腰掛け、ふぅとひと息ついた。

映理と目が合ったとき、一瞬夢かと思った。彼女に会いたいあまり、ついには幻を見るようになってしまったのか、と。

でもそこにいたのは確かに映理で、少しも変わっていなかった。違っていたのは、赤ちゃんを連れていたことだけ。

可愛い子だった。映理に似ているから、なお一層愛おしくてたまらない。

映理は多くを語らないけれど、きっとあの晩にできた赤ちゃんだ。彼女との再会のみならず、子どもまで授かっていたなんて、こんなに嬉しいことはない。

社長が倒れて大変なときに新しい命を授かり、映理はさぞかし苦労しただろう。これからはずっと一緒だし、必ずふたりを守ってみせる。

映理と赤ちゃんを幸せにしたい。今度こそ絶対に――。

一年半前。最後に映理と別れてから、晃がメッセージを送ったのは翌々日だった。

しかしなぜか、既読にならない。いつも日を置かずに返信をしてくれていたから、不思議に思っていたのだが、そうこうしているうちに映理のアカウントが消え、晃は本格的に異変を感じて、彼女が通っていた大学に問い合わせたのだ。

しかし大学事務局は、映理が退学届を提出したことを告げるだけ。個人情報だと言って、彼女の連絡先も教えてくれなかった。

留学期間はまだ残っていた。なぜ急に退学し、帰国したのか理解できなかった。

映理は真面目な学生だし、道半ばで挫折するなんて考えられない。何かあったとしたら、思いつくのは晃との一夜だった。

純真で奥手な映理を誘ってしまったのは晃だ。友達のような状態から、一足飛びにそういう関係になったことは、彼女にしたらショックだったのかもしれない。

本当はもっとじっくり、事を進めるべきだったのだ。わかっていたのに、映理と過ごせば過ごすほど、気持ちを抑えられなくなっていった。普段の何倍も時間を掛け彼女を大切にしていたからこそ、自制心を保ち続けるのが難しかったのだと思う。

あの頃晃は、ＣＥＯに就任したばかりだった。

経営方針に悩んでおり、かと言って周囲にも相談できずにいた。若すぎる晃の抜擢を、やっかむ者も少なくなかったからだ。

気を許せるのは映理だけだった。なんの利害関係もない彼女の前では、ＣＥＯの肩書きを下ろすことができた。

最初は本当に、可愛い妹のように感じていたのだ。

ほっとけなくて、応援したくて、守ってやりたいと思っていた。華奢で小さな映理は女性というより、女の子という感じだったから。

肉体的な魅力に溢れた女性なら、実際他にいくらでもいた。パレスベイの創業者一族だと言えば、口説き落とすまもなく、向こうから誘ってくるのだから。

出会ったその夜に、ベッドをともにすることだって珍しくなかった。それなりに楽しんでいたのは否定しないけれど、相手は誰でも同じだったし、欲望を満たしているだけという感覚だった。

女性はいつも晃の顔色を窺い、何でも言うとおりにする。予想外のことなんて起こりようがなく、退屈なワンナイトラブには正直飽きていた。

でもどこかで、こんなものかと諦めてもいたのだ。晃の立場では、なんのしがらみもなく、出会って惹かれ合うなんて望むべくもない。

両親は晃に結婚するようせっついていたし、適当な家柄の娘と適当な時期に結ばれ、子をなすしかなかった。そこに愛や恋なんて、あるわけがない。

割り切っていたつもりだけれど、晃は映理と出会ってしまった。

CEOの重責からしばし離れたくて、街をぶらついていたことが、映画のような偶然を作り出してくれたのだ。

可愛い妹がひとりの女性として晃の目に映るのに、そう時間はかからなかった。映理の一生懸命さやひたむきさに魅了され、ふたりでいるときの心地よさを体感し、いつしか彼女を深く愛してしまっていた。

もし晃に映理と同じ純粋さがあれば、彼女と同じペースで愛を育《はぐく》んでいけたのだと思う。けれど彼は、すでに欲望を満たす方法を知っている。

映理にむき出しの我欲を押しつけることを、晃だってよしとはしていなかった。だから気持ちに気づいてしまったあとも、必死で押さえつけていたのだ。

でもどうしたって、いつかは限界が来る。それがあの日、だった。

晃の誘いを、映理は拒まなかった。躊躇はしても、受け入れてくれた。しかし自然な流れではなかったと思う。

気づいていたのに、晃は自分を優先させてしまった。

映理をこの腕に抱いたとき、想像を絶する幸福が溢れ出した。冷静さを失い、迸る情熱に浮かされて、がむしゃらに彼女を求めた。あまりの愛おしさに、感覚が狂ってしまったほどだ。

愛する人と繋がるとは、こういうことだったかと初めて知った。

あの日の晃は、そういう意味では、映理と同じ気持ちだったと思う。新しい世界が開けた日だった。

衝撃の一夜が明けても、映理は晃に笑顔を向けてくれたから、きっと大丈夫だと思っていた。CEOという肩書きを伝えても、彼女は変わらずにいてくれるという、自信にもなった。

けれど、映理は晃の前から消えたのだ。

大学が何も教えてくれないから、人を雇って映理を探すことも考えた。星の数ほどある日本の工務店を、虱潰《しらみつぶ》しに当たってみようかとも思った。

しかし時が経つにつれ、帰国が映理の意志なら、尊重すべきと思うようにもなっていった。晃にしたら満ち足りただけの夜だが、彼女にとってもそうだったとは限らない。彼には見せないだけで、後悔していたかもしれないのだ。

ならば、再会などと贅沢は言わない。映理が今もどこかで、何事もなく暮らしていてくれるなら、それだけで構わない——。

長らく自分に言い聞かせ、区切りをつけようとしてきた。そういつまでも独身を貫いてはいられないからだ。

それなのに、どうしても、諦められなかった。

映理との思い出はあまりにも美しく、彼女の考え方や生き方は、現在の晃にも大きな影響を与えている。彼女は彼にとって掛け替えのない存在であり、彼の価値観まで変えてしまったのだ。

今日の邂逅《かいこう》はたまさかで、図らずも運命的だった。

悩み苦しんだ日々が今ようやく、終わりを告げようとしている。

もう二度と映理を離しはしない。

コンコンコン。

執務室の扉がノックされ、晃は「どうぞ」と声を掛ける。扉を開けて入ってきたのは、父親の誠《まこと》だった。

かつてのパレスベイCEOであり、伝説的な経営者として名を馳せた人物。その誠は現在、自ら望んで相談役というポジションに就いている。

現場の接客係出身、しかもパレスベイにとっては外国人である誠が経営幹部になるのは当時も今でも異例の人事だった。彼の人柄と仕事ぶりが認められたからこその、大抜擢だったと言える。

その後、誠はパレスベイ創業者一族の娘と恋に落ち、ふたりは結婚して晃が生まれた。日本に渡ったのは、パレスベイ・ジャパンのオープンを任されたからだ。

日本での功績が認められ、誠は本国に戻ってからも、CEOとしてパレスベイをさらに飛躍させてきた。

実績は十分すぎるほどだし、誠の年齢であれば、今もまだ現役で陣頭指揮を執ってもおかしくない。周囲だってそれを望んでいた。

にもかかわらず、早々にCEOの椅子を晃に譲ってしまったのは、欲のない誠だからこそ。退職金も辞退するほど引き際を重んじる、昔気質《かたぎ》の人間なのだ。

引退してどうするのかと、皆の注目が集まる中、誠は妻とともに住居を日本に移した。やはり故郷が恋しいのかと思われていたようだが、それを望んだのは妻のほうだ。

人前に出るのをあまり好まない晃の母には、日本の風土が性に合っていたらしい。

彼女は夫の故郷をも愛していたのだ。ふたりは現在、パレスベイ・ジャパンの長期滞在プランを利用して、悠々自適の毎日を過ごしている。

そんなわけで今回日本に戻るまで、晃は一年ほど誠と顔を合わせていなかった。ゆえに衝突することもなかったのだが、今日の父親はひどく渋い顔をしている。

「晃、イベントの視察はどうした？」

普段晃はこちらにいないし、誠が仕事に口を挟んでくることもない。

わざわざ誠がやってきたのは、秘書から聞いたか、ウェブ上の予定表を見たか。どちらにしても、今日を逃せば視察が難しいとわかっているからだろう。

「申し訳ありません。もっと重要な案件が発生しまして」

誠が眉根を寄せ、疑わしそうに尋ねる。

「なんだ、それは」

「私の将来、ひいては一生に関わることです」

漠然としすぎただろうか。誠は怪訝な顔をしたが、慎重に話を進めないと誤解を生んでしまう。

「どういう、意味だ？」

晃は誠を刺激しないよう、落ち着いて話し始める。

「以前、会って欲しい女性がいると申し上げたのを、覚えておられますか？」

「また随分と昔の話だな。結局会えないまま、お前のほうからしばらく時間をくれと言ってきたんだったか？　それ以降何の話もしてこないし、なかったことになったのだと思っていたよ」

誠がそう思うのも無理はないが、晃が自分からなかったことにと言ったわけじゃない。言葉にすれば現実になってしまう気がして、とても口に出来なかったのだ。

「事情があって離れていましたが、ようやく再会することができたんです。彼女と、結婚したいと思っています」

再三打診されていた見合いを無視していたせいか、誠は面食らいながらも、どこか安堵した表情を浮かべている。

「そう、か。身を固める決心が付いたなら、母さんも喜ぶだろう」

母は孫の顔を早く見たいと言っていた。すでに誕生していると言えば戸惑うだろうが、あんなにも可愛らしい赤ちゃんを邪険にすることはないはずだ。

「彼女はたったひとりで私の子を産み、育てていたんです。これまで負担を掛けてしまった分も、必ず幸せにするつもりです」

穏やかだった誠の顔が、瞬時に凍り付いた。

「おい、今なんと言った？」

「私に子どもがいるんです」

晃がもう一度ゆっくり言うと、誠はいつになく慌てて、立て続けに質問を繰り出す。

「それがどういうことか、わかっているのか？　本当にお前の子なんだろうな？　大体その女性はどこの誰なんだ？」

「順序が逆になったことは、申し訳なく思っています。ただ間違いなく私の子ですし、彼女を愛しているのです」

誠も身分差を越えて、結婚した身だ。晃の強い気持ちを伝えれば、闇雲に反対するようなことはしないだろう。

むしろ気掛かりなのは、映理のほうだ。奇跡的に再会できたというのに、彼女の表情は晴れず、晃から離れたそうな素振りさえ見せる。彼の子どもを産む決心をしてくれたのだから、気持ちは変わっていないはずなのに。

映理が何を考えているのかはわからないが、子どもに父親が必要だとは感じているはずだ。赤ちゃんを結婚の手段にするつもりはないけれど、彼女を繋ぎとめるかすがいになって欲しかった。

何より子どもは愛する映理との間に授かった宝物だ。生涯をかけて大切に育てていきたい。もちろん、彼女とともに。

「ともかく会ってみないことにはな……。先方の都合を聞いて、日程を調整しておいてくれ」

誠の発言で晃は我に返った。目の前にいる父親の存在さえ忘れてしまうほど、今の晃は映理のことで頭が一杯なのだ。

「わかりました。私もそのつもりです」

もう映理を失いたくない。言葉を尽くして晃の本気を伝えれば、彼女ならきっとわかってくれるはずだ。


二時間ほどして仮眠室に向かうと、映理はすでに部屋を出ていた。丁寧な感謝と謝罪の手紙を置いて。

やはり映理は晃から逃げようとしている。

ショックではあるが、きちんと先手は打ってある。ベビールームのスタッフに、映理が来たら引き留めておくようにと言っておいたのだ。きっと彼女はそこにいるだろう。

「あの、私もう帰らないと」

「今しばらく、こちらにいらっしゃってください。お子さんも楽しく遊んでらっしゃいます」

「でも」

ベビールームで映理とスタッフが押し問答をしている。スタッフに言い含めておいてよかった。

「映理、また何も言わずに、俺の前から消えるつもりか？」

「晃……」

映理は晃の姿を見て、困ったようにうつむいてしまう。

「ちゃんと、書き置きをしたでしょ？」

「今日はイベントに来てくれたんだろ」

「どうして、それを」

簡単なことだ。映理は晃とぶつかったとき、パンフレットを見ていた。しかも鞄から利用券の束がのぞいている。映理は晃の視線に気づいて、居心地悪そうに目をそらす。

「せっかく足を運んでくれたんだ。もう少し楽しんでから帰ってもいいだろ？」

晃が微笑みかけても、映理は答えない。母親だからって、気晴らしをしちゃいけないなんてことはないのに。

映理の後ろめたさを払拭するため、晃は努めて明るく言った。

「実はイベントの視察が保留になってってね。映理さえよければ、俺に付き合ってくれないか？　お客様の視点があるほうが、参考になるし」

やっと顔を上げた映理は、非難するような調子で答える。

「そんな言い方、ずるいよ」

「俺は事実を言っただけだ。で、付き合ってくれる？」

映理は悩んでいたようだが、観念したように首を縦に振った。

「……少し、だけなら」

「よし、決まり。赤ちゃんも一緒に連れて行く？」

「もちろん」

映理は子どもを抱き上げ、そうっとベビーカーに乗せた。彼女が赤ちゃんを大事に大事に扱っているのがよくわかる。紹介してくれればいいのにと思うけれど、きっと晃に気を遣っているのだろう。

「この子の名前、聞いてもいい？」

「洋輔。今、七ヶ月なの」

それならば年齢も、ほぼ計算が合う。やはり洋輔は晃の子だ。

晃と連絡が取れない中で、妊娠が発覚したとき、映理はどれほど不安だっただろう。それでも彼女は産む選択をしてくれた。

映理の決断を心から嬉しく思うし、今後は晃が彼女を支える番だ。

今更と思われるかもしれないが、どんなに時間が掛かっても映理を説得し、彼女に受け入れてもらわなければ。

「じゃあ行こうか」

「そう、だね……」

イベントのことはほぼ頭に入っている。映理を案内するくらいわけない。

「どうしてこのイベントに？」

「姉からチケットをもらったの。抽選で当たったけど、行けないから代わりにって」

なるほど、そういうことか。

幅広い年齢層に対応しているから、もちろんベビーも大歓迎ではあるが、赤ちゃん向けに特化したイベントではない。映理が訪れたのは、本当に偶然だったのだ。

「お姉さんに感謝しないといけないな。映理とまた出会わせてくれた」

晃は本心を語っているのに、映理はなぜか悲しそうだ。彼女は彼を見ようとはせず、真っ直ぐ前を向いて言った。

「姉に、お土産を頼まれてるの。いいものがあったら、教えてくれると助かる」

映理は話題を変えたいらしい。彼女の心を溶かすには、まだしばらく掛かりそうだ。離れていた期間が長かったし、それも当然だと思う。焦りは禁物だ。

「そうだな。オレンジピールやスパイスが入ったブレッドは？　煎りアーモンドなんかもうまいよ」

「美味しそうだけど、日持ちはする？」

「二、三週間はもつんじゃないかな。日持ちが気になるなら、いろんな限定グッズもあるから見てみたら」

話をしているうちに、会場であるホテルの中庭に到着した。ウェルカムゲートを通ると、中央にはメリーゴーランド、周囲には屋根に装飾を施した露店が幾つも並んでいる。

ソーセージを焼く香ばしい匂いや、焼き栗の甘い香りも漂い、華やかなお祭りの様相を呈していた。

「うわぁ、すごい」

硬い表情を崩さなかった映理が、感嘆の声をあげる。辺りをキョロキョロと見回し、好奇心旺盛な子どもみたいだ。

「気に入った?」

「うんっ」

晃と顔を見合わせた途端、映理の表情がまた暗くなる。この一瞬、ほんのわずかな幸せを感じることさえ、許されないかのようだ。

そんな映理を見るのが辛くて、晃は軽く彼女の肩を叩いた。

「ほら、笑って。お姉さんは映理が楽しむために、チケットをくれたんだろ?」

映理は晃の言葉を、反芻しているようだった。彼女だって、姉の気持ちを無駄にはしたくないはずなのだ。

葛藤が伝わってくるみたいな沈黙。映理はまだ迷っているのだろう。

晃の邪魔になるだとか、手間をかけさせられないとか、考えているのかもしれない。出会ったときから遠慮がちだったけれど、今もそれは変わらないようだ。

晃がCEOだとわかった途端、何かとねだってくる女性は多かったが、映理は正反対だ。むしろ身を引こうとしているように見える。

そんな映理がいじらしく、この場で抱きしめたくなってしまう。時間を掛けなければいけないことはわかっているが、衝動を抑えるのは難しい。

「……私、お腹空いちゃった、な」

ようやく映理が口を開いた。晃を見上げて、ほんの少し口角を上げている。なんでもない表情だけれど、彼の心を虜《とりこ》にしてしまう。

「じゃあ、まずはソーセージのサンドイッチかな。ハーブが練り込まれてて、めちゃくちゃうまい」

露店は東西に分かれ、イーストが飲食店、ウエストが物販店だ。イースト側には立ち食い用のスタンドや、ベンチなども置かれている。

「待って晃、この利用券を使って」

晃なら顔パスで、なんでも手に入る。映理はそれをよしとするつもりはないのだ。一緒にイベントを楽しむことは受け入れても、そういうところはちゃんとしたいのだろう。

「わかった」

映理らしいと思うし、そんな彼女をますます好きになる。

晃は露店でふたり分のサンドイッチを買った。ベンチで待つ映理に渡して、彼も隣に腰掛ける。

「今日が平日でよかったよ。土日は混むから、ベンチにはまず座れない」

映理は受け取ったサンドイッチを手にして、目を丸くしている。

「サンドイッチっていうから、もっと普通のかと。こんなに大きかったんだ」

「迫力、だろ？　三十センチはある」

大きく口を開けて、サンドイッチにかぶりつく映理を見ていると、初めて会った日のことを思い出す。あのときも彼女は、美味しそうにベーグルサンドを食べていた。

懐かしさで胸が締め付けられるけれど、今そのことを話したら、また映理の顔を曇らせてしまうだろうか？

晃はうっかり口を突いて出そうな言葉を飲み込むために、大急ぎでサンドイッチを咀嚼《そしゃく》する。

「そんなに、急いで食べなくても」

「俺も腹減ってたんだよ。何か飲み物を買ってくる」

映理を残して立ち上がり、晃はドリンクを売る露店に向かった。彼女と一緒にいると、今も楽しかった過去の延長線上にいるかのように錯覚してしまう。

状況はそんなに単純じゃないのに、昔と同じように接してしまいそうになるのだ。

そんなことをすれば、また映理が心を閉ざしてしまうことはわかっているのに。

露店に並ぶホットワインや卵リキュールに惹かれるけれど、今アルコールを口にするわけにはいかない。あの夜酒を飲みすぎたことも、あとになって随分と後悔したのだから。

晃はホットチョコレートを選び、映理の下に戻った。彼女もサンドイッチを食べ終えていて、申し訳なさそうにカップを受け取る。

「ごめんなさい、晃にこんな、使いっ走りのようなことをさせて」

「全然構わないよ。映理は赤ちゃんの側にいたいだろ」

映理は穏やかに微笑みながら、洋輔の頭をなでる。

「もう少し大きかったら、いろいろ楽しめたと思うんだけど。残念」

「また来ればいい。来年も再来年も、イベントは続けるつもりだから」

評判もいいし、晃は実際にそうするつもりなのに、映理は悲しそうな顔をする。もう来られないことが、わかっているみたいに。

「うん、そうだね」

映理は無理矢理作った笑顔で言い、ホットチョコレートを口に運んだ。晃は何か声を掛けたかったけれど、どう言えばいいのかわからない。

「美味しい。カップもすごく可愛いし」

「気に入ったら、持って帰ればいいよ。店に返すこともできるけど、お土産にする人も多い」

カップはイベントのオリジナルデザインだ。本当は利用券の他に、デポジットとしてカップ代金を支払っているのだが、それを言うと映理が気にしそうなので黙っておく。

「へぇ、じゃあ持って帰ろうかな」

「映理がそう言うかと思って、袋をもらっておいた」

晃がポケットからビニール袋を取り出すと、映理が嬉しそうに言った。

「ありがとう。晃は気が利くね」

こんなささやかな、本当になんでもないことで、映理は笑うのだ。完全に心を持っていかれてしまって、胸が苦しい。

映理を笑顔にするためなら、晃はどんなことだってできるし、いくら掛かってもいいと思っている。なのに彼女は、ビニール袋一枚でいいのだ。

きっと晃は、映理以上の女性に出会うことはないだろう。一生添い遂げるとしたら、彼女以外には考えられない。

「お腹も一杯になったし、お土産を見てもいいかな?」

映理が立ち上がったので、晃は急いでホットチョコレートを飲み干す。

「もういいのか? 他にもうまいものはたくさんあるのに」

「日持ちのするものも売ってるみたいだから、あとは持ち帰れるものを買いたいの。そもそも姉のチケットだし」

もっとゆっくりしていこうと、言うのは簡単だけれど、映理は納得しないだろう。そんなことを言えば、あとはひとりで回ると言われてしまいそうだ。

「わかった。いろんな露店があるから、少しずつ種類をたくさん買っていったらいいんじゃないか」

「そうだね。自分用にも少し買おうかな」

晃と映理は連れだって、露店を回ることにした。彼女がベビーカーを押し、隣を歩いていると、まるで本物の家族になったような気がする。

「わぁ、可愛い赤ちゃん！」

通りがかった若いカップルが、洋輔に目を止めて近寄ってきた。

「やーん、パパにそっくり。目元なんて特に」

「え？　あ、そう、ですか？」

映理の狼狽《ろうばい》ぶりを見れば、洋輔が晃の子だと確信するしかない。晃はカップルに微笑みかけて言った。

「ですよね。俺もそう思います」

「ちょ、晃！」

服の袖を掴まれ、映理は首を左右に振る。余計なことを言うなということだろう。でも彼女の態度を見れば、女性の言葉こそ真実に思える。

「夫婦になっても、寄り添って歩けるなんて、羨ましいなぁ」

女性は彼氏に当てつけるように言い、男性は恥ずかしそうに頭をかく。晃は映理の肩を抱いて、女性にウインクしてみせた。

「まだ新婚なんですよ」

「今が一番楽しいときですよね！　お幸せに」

「ありがとうございます」

軽く手を上げカップルを見送ると、映理が晃の腕からすり抜ける。彼女は少し怒った顔で、彼に詰め寄った。

「晃、どうして、あんなこと」

「周囲の人からしたら、そりゃ夫婦に見えるよ。いちいち訂正するのは無粋《ぶすい》だろ」

「でも――」

「皆イベントを楽しんでるし、楽しんでる人たちを見ていたんだ。幸せそうな夫婦がいたら、声も掛けたくなるさ」

映理は反論の言葉を探していたみたいだけれど、結局晃のほうが正しいと思ったようだった。首をすくめて、ほんのり笑う。

「そう、かもしれないね」

本当の夫婦になればいいんだ――。

愛する人と、愛する人との子どもを前にして、そう願うのは当たり前のことだと思う。でも喉まで出かかった台詞が、口にできなかった。

打ち明けてしまえば、映理がまた晃の前から去ってしまう。そんな気がするのは、彼女の態度や表情が彼を拒んでいるからだ。

「あの店なんか、いいんじゃないか？　レーズンやナッツ入りのケーキを売ってる」

「うん、すごく美味しそう」

映理が店に近づき、ケーキをひと切れ購入する。その調子で、彼女は幾つも店を回り、少しずつお土産を買い求めた。

デコレーションされたハート型のクッキーやボール状の揚げ菓子、果物のジャムなどなど。もちろん食べ物だけじゃなく、ガラスのオーナメントや、木製の人形なども買った。

小さな部品を組み合わせて、好きなデザインのオーナメントを作成できる露店もあり、晃は映理が悩んでいる間、洋輔の様子を見ていることになった。

と言っても映理がすぐ側にいるし、本当にただ見守っていただけなのだが、一挙手一投足を眺めていれば、不思議と父性のようなものが芽生えてくる。

小さな手を握ったり開いたり、こちらを見つめて笑ったり。赤ちゃんの持つ可愛らしさは、庇護欲を刺激するようにできていて、晃は洋輔にメロメロになってしまう。

「映理、少し抱いてみてもいい？」

まだパーツを選んでいる途中だった映理は、目をパチパチとさせた。彼女はとても迷っていたようだけれど、洋輔を抱き上げて、晃の腕に任せてくれる。

「首の下に右手を入れて」

「こう？」

「そうそう。後頭部を支えてあげてね」

洋輔は幸いにも大人しくしてくれていた。身体は熱いほど温かく、こんなに小さく柔らかいのに、全身で生きているということを体現している。

「すごい、な。生命の神秘みたいなのを感じる」

感動をそのまま口にしてしまい、晃は赤面してしまう。でも映理はそんな彼を笑わずに、深くうなずいてくれる。

「私も同じこと思った」

「うぅ、あっあ」

晃の腕の中で洋輔が暴れ出し、映理がそうっと受け取る。彼女は洋輔の背中をさすってやり、ベビーカーの中にもう一度乗せた。

「やっぱり、ママじゃないとダメだな」

何もおかしなことは言ってないと思うが、映理は寂しそうにうつむく。彼女の表情の意味がわからず、晃は思わず声を掛けた。

「映理？」

「……なんでもない。そろそろ帰らなきゃ」

顔を上げた映理の表情は固い。一体何が彼女を苦しめているのだろう。力になれたらと思うが、彼女自身がそれを望んでいないように見える。

映理は急いでオーナメントを完成させ、支払いを済ませた。たくさんのお土産で膨らんだエコバッグを持ち、彼女は晃に頭を下げる。

「ありがとう。晃がいてくれなかったら、こんなにのんびりと買い物できなかったと思う。またいつか、会えるといいね」

今生《こんじょう》の別れみたいな、言い方だった。晃は重苦しい空気に耐えられず、茶化すように問いかける。

「いつかって、明日？」

映理は力なく笑って、何も答えなかった。このまま彼女が消えてしまうような気がして、晃は彼女の腕を取った。

「メリーゴーランドに乗らないか？　洋輔君も一緒に」

晃の提案が意外だったのか、映理は困惑した様子で、メリーゴーランドを見つめる。小さな子でも乗っているが、彼女は首を左右に振った。

「ごめんなさい。抱いて乗るのは不安、だから」

少しでも長く、映理と一緒にいたい。何を言えば、どう誘えば、彼女はこの場にとどまってくれるのだろう。

「じゃあ写真だけでも、どう？」

苦し紛れに晃が尋ねると、映理はメリーゴーランドを振り返った。少し間を置いてから、うなずいてくれる。

「それなら、撮ってもらおうかな」

映理が迷ったのはなぜだろう。

いつか写真が記憶を呼び起こすことが、怖かったのだろうか。

今日が笑って話せる思い出にはならないと、映理が信じているのかと思うと、晃は焦燥と懊悩《おうのう》で胸を掻きむしりたくなる。

映理からは別離の決意しか感じられないからだ。

「晃？」

スマホを差し出す映理が怪訝な顔をしたので、晃は軽く首を左右に振った。

「なんでもない」

晃がスマホを受け取ると、映理はベビーカーを押して、メリーゴーランドの前に立った。

「笑って」

合図を送ると、映理が微笑む。条件反射とも言えるような笑顔で、決して晃に向けられたものじゃない。

もう晃だけのために笑う映理を、見ることは叶わないのだろうか。

あとはシャッターボタンに触れるだけなのに、指が動かなかった。触れてしまったら、きっと映理は帰ってしまう。

「やだ、写真を撮るなら、パパも一緒に写らなきゃ」

突然声を掛けてきたのは、先ほどのカップルだった。女性が晃からスマホを奪い、急かすように続ける。

「ほらママの側に行ってあげて」

映理を見ると、明らかに戸惑っている。断るべきかと思ったけれど、このまま手を拱《こまね》いていても、何も変わらないと気づく。

強引なことをして嫌われたくない。映理の気持ちを大事にしたい。

全部本心だけれど、晃はそれを言い訳にしているだけだ。何もしなければ映理が離れていくのを、ただ待つことになる。

「すみません、ありがとうございます」

晃が笑顔でスマホを渡したので、映理は咎めるような眼差しをこちらに向ける。彼女は気づいてないかもしれないが、そういう顔をされると傷つく。

でも他人行儀な空笑いをされるより、きっといいのだ。たとえ拒絶されても、諦めるわけにはいかないのだから。

「一緒に写真を撮るくらい、構わないだろ?」

映理は小さくため息をつき、女性に向かって軽く微笑む。

「いい笑顔! じゃあ撮りますねー。はいチーズ」

女性は何枚か写真を撮ってくれ、ふたりは満足したように去っていった。映理はスマホの写真を見ながら、切ない表情を浮かべている。

「どうして、そんな顔するんだよ」

「こんなの欺瞞《ぎまん》でしょ？　私たち夫婦でもなんでもないんだから」

今にも映理が泣き出しそうで、心臓が鷲掴みにされたように胸が痛む。晃はただ笑顔の彼女に戻ってもらいたいだけなのに。

「じゃあ今から本当の夫婦になればいい」

さっきは我慢できたのに、つい口を滑らせてしまった。映理は目を丸くして、声を振り立てる。

「何言ってるの。そんなこと、不可能」

「不可能じゃない。映理こそ、なんで俺から離れようとするんだ？」

晃は映理との距離を縮め、熱い思いで彼女を見つめた。もうこれ以上は我慢できない。ゆっくり時間を掛けられるほど、彼には余裕がなかった。

「……晃はパレスベイのCEOよ。私とは立場が違いすぎる」

「だからなんだ」

反射的に言葉が飛び出した。映理の考えそうなことではあったが、立場などどうだっていい。大事なのはふたりの気持ちだけなのだ。

「なんだ、って大事なことじゃない！」

映理は顔を紅潮させ必死で反論を試みるが、晃はそれを遮って思いの丈をぶつける。

「俺は映理を愛してる。俺との子どもだっているんだから、俺たちが結ばれるのは自然なことだろう？」

わかってくれると思った。赤ちゃんはふたりの愛の結晶なのだ。晃と映理で協力して育てていきたいし、彼女だって心の底ではそれを望んでいるはず。

しかし映理は口を開けたまま、固まってしまった。そして、急に笑い出す。

壊れたオモチャのごとく、ひたすらに笑っていながら、映理の目からは大粒の涙がこぼれ始めた。

「おい、映理」

晃はたまらずに映理の両肩を掴むが、彼女はまだ泣きながら笑っている。

「子どもじゃない」

「え？」

「洋輔は晃の子どもじゃないの」

「そんな嘘」

「嘘じゃない。私の子どもでもないんだから……っ」

映理は晃の手を振り解いて、その場にしゃがみ込んだ。彼女はもう笑っておらず、口元に手を当てて、静かに涙を流している。今のやり取りが、ふたりの別れを決定的にしてしまったと、確信しているようだ。

一方晃は動揺のあまり立ち尽くしていた。映理が洋輔を見つめる、母性溢れる眼差しは、間違いなく本物だった。

晃はわけがわからず、無意識に上げた手が、自らの髪の毛を掴んだ。視線が定まらないまま映理に顔を向けると、彼女はゆっくり立ち上がってつぶやく。

「洋輔は、姉の子どもよ。私の甥なの」

ベビーカーに手を置いた映理が、最後通告のように続けた。

「これでわかったでしょ？　私たちが結ばれるはずがないって」

晃はすぐに否定できなかった。映理を愛していることに変わりはないと、言えばいいだけだったのに。

どうして、言えなかったのか？

プロポーズを躊躇したわけじゃない。映理との間に子どもがいないと判明した今、どんな言葉なら彼女を繋ぎ止められるかわからず、とっさに口が開かなかったのだ。

第四章　昔には戻れない

呆然とする晃を残し、映理は逃げるように家まで帰ってきた。

ずっと違和感を覚えていたのだ。晃は洋輔の父親を聞かなかったし、洋輔に興味を持ちすぎていた。

まさか自分の子どもだと思っていたなんて――。

プロポーズとも取れるような、晃の言葉。きっと責任を取らなければいけないと思ったのだろう。愛していると言ったのも、義務感から口にしたに過ぎない。

それがわかったから、泣けてしまった。晃の愛は、映理の愛とは似て非なるものだ。晃がイベントに付き合ってくれと言ったとき、どうして映理を誘うのだろうと思った。ひとりならともかく、彼女は子連れだったのだから。

あのとき気づくべきだったのだ。晃の誤解に。

誘われた嬉しさで目がくらみ、晃の本心が見えなかった。彼に面倒を掛けたくないとか、申し訳ないとか思いながらも、映理は内心喜んでしまっていたから。

実際晃と回ったイベントは、本当に楽しかった。彼への想いを悟られまいと、極力顔には出さないようにしていたけれど。

晃が洋輔を見ていてくれると思うから、安心して買い物ができたし、何より彼の存在が心強かった。赤ちゃんを連れたお出かけ自体初めてだったし、随分と気負っていた部分もあったのだと思う。

昔と少しも変わらない、晃の気配りや優しさがありがたく、映理はつい深く考えずに頼ってしまった。彼女の甘えを受け止めてくれる理由に、疑問を持たなければいけなかったのに。

映理はスマホを取り出し、撮ってもらった写真をもう一度開く。晃はカメラのほうを向かず、映理を見つめている。

慈しむような、切ないような晃の顔。その表情を見ていると、気持ちが揺らぐ。

まるで晃が心から、映理を愛しているような気がして。

でもそんなことは、あり得ない。きっと洋輔の存在が、晃に思い違いをさせているだけなのだ。

正真正銘、これが最後。もう二度と晃と会うことはない。

突然の帰国で晃と別れてしまったとき、映理はまだどこかで再会の期待を捨て切れていなかった。勤務先を偽られたと誤解していたときでさえ、彼を愛していた。

だから、ずっとひとりだった。恋をしようとは思わなかった。

映理の恋人は、晃だけだと思い続けてきたのだ。

いい加減終わりにしないといけない。晃の隣には、映理なんかよりも相応しい人がいるに違いないのだから。

……もし、洋輔が映理と晃の子どもだったら、何か変わっていたのだろうか？

帰国してすぐ妊娠がわかれば、間違いなく映理は産んだと思う。母や久美、会社にも負担になるとわかっていても。

しかし結果は同じだった気がする。晃がＣＥＯという立場にあると知ってしまったら、身を引くしかない。映理は彼の足枷《あしかせ》にしかならないからだ。

そういう巡り合わせ、だったのだろう。出会って恋に落ちて、確かに愛し合っていたかもしれないけれど、実らない関係もある。

成就《じょうじゅ》しない恋に意味があるのか、出会わないほうがよかったのか、映理にはわからない。でも晃と過ごした時間は、掛け替えのないものだ。

たとえ晃と相まみえることはなくても、宝物のような記憶は、映理の中にちゃんと残っている。今はしまい込んでおくしかないかもしれないけれど、きっといつか懐かしく取り出せる日が来る。

それまで待っていればいい。映理ならこの試練を、乗り越えられるはずだ。彼女は目尻に溜まった涙を拭い、自分を奮い立たせるのだった。

＊

「まぁまぁ、こんなにたくさん？　悪いわねぇ」

今日は早めに仕事を終われたので、洋輔とともに実家に来ている。

久美に渡したお土産の残りなのだが、母は嬉しそうだ。彼女は袋からひとつひとつ取り出しては、吟味している。

「フルーツケーキと、これはナッツ、かしら？　どれも美味しそう」

「本当は他にもいろいろあったんだよ。フライドポテトとかソーセージとか、果物のチョコレートがけとか。でもその場で食べるものが多くて」

「へぇ。ベビーカー押しながら、ひとりでよく回れたわね」

実はひとりじゃなかったのだけれど、それを言うといろいろ詮索されてしまうので、映理はあやふやに笑う。

「う、うん、なんとか、ね」

ちらりと洋輔を見ると、実家に安心したのか、スヤスヤ眠っている。やはりこの家にいるほうが、落ち着くらしい。

「洋輔は何も食べられないし、連れ回すだけになっちゃって。ちょっと可哀相だったかも」

「いいじゃないの。たまには息抜きしないとね。仕事もあるのに、洋輔の世話は大変でしょう?」

「そう、だね」

本当は全然大変じゃない、と言うべきところなのだが、母の前だと本音が出てしまう。仕事をしながら、ひとりで子育てはものすごく難しい。

映理は期間が決まっているし、短い間だから、どうにかやれているのだ。これがずっと続くとなると、肉体的にも精神的にも限界だっただろう。

「子どもを持つの、怖くなった?」

穏やかに母が尋ねるのは、映理の顔に疲れが溜まっているからかもしれない。実際大変ではあるけれど、映理は首を左右に振った。

「ううん、それはないよ。やっぱり可愛いから。私が守ってあげなきゃって、気持ちにもなるし」

「よかった。映理は仕事熱心だし、結婚や子育てに興味がないんじゃって、心配だったの」

母はこれまで、結婚結婚と映理を急かすようなことはなかった。もう年頃なんだからと、お見合い話を持ってくるようなことも。

映理だけじゃなく久美に対してもそうだったのは、母自身が若かりし頃、その手の話にウンザリしていたからだ。安定した職業に就き、ずっと仕事を続けるつもりだった彼女は、そもそも結婚する気がなかったらしい。

父に出会わなければ結婚しなかったと、母はよく言っていた。

だから全ては、映理に任せられていると思っていた。結婚するもしないも、彼女の自由だと。

「もしかしてお母さん、私に結婚して欲しいの？」

映理が驚いた顔をしたからか、母は呆れたように言った。

「そりゃそうよ。久美も家庭を持ったし、映理にだって支えてくれる人は必要でしょう？」

母にしては古い価値観だと思う。結婚や出産が幸せの全てではないはずだし、彼女もかつてはそう考えていたはずなのだ。

「最近は生涯独身の人も多いじゃない」

映理の反論に、母は「まぁね」とうなずいた。

「仕事が楽しいなら、それもいいとは思うわ。でも親っていうのは、いつまでも子どものことが気がかりなものよ」

「もういい大人なのに？」

「そういう問題じゃないの。私が死んだら、映理はひとりになっちゃうでしょう？」

母は父がいないことを、気にしているのだろうか？

父が亡くなったのは、久美も映理も成人してからのこと。もちろん悲しかったけれど、受け入れられるほどには歳を取っていた。

金銭的に困窮するということもなかったし、母はしっかり者で、父の不在を完璧にカバーしてくれていた。

映理にとっても久美にとっても、母は本当に頼もしい人だったから、そんな弱気な発言をすることが信じられなかった。

「縁起でもないこと言わないでよ。大体お姉ちゃんがいるじゃない」

映理は朗らかに笑って見せたけれど、母は真面目な表情を崩さない。

「姉妹仲良くして欲しいけど、久美には久美の家庭があるわ。映理に何かあっても、手助けする余裕はないかもしれない」

「私だって、お姉ちゃんに迷惑掛けようとは思ってないけど」

「もちろん、そうだと思うわよ。ただ人生は本当に、何があるかわからないから。映理の味方になってくれる人が、私や久美の他にもいてくれたらと思うのよ」

母が言うと説得力がある。映理も結婚を、意識していくべきなのだろう。

ただ即座に晃を思い出してしまううちは、まだまだ無理なようだ。

「わかった。これまでよりは前向きに考えてみる」

「そうしてちょうだい。焦る必要はないけど、この人ならと思える人と、幸せになって欲しいわ」

親を安心させたい。結婚する理由としてよくあげられるものだが、映理はずっと違和感を持っていた。結婚するのはあくまで彼女自身だと思うからだ。

でも、今はわかる気がする。うちは父がいないから、特に。

母に話せば、そんな理由だったらやめなさいと言いそうだけれど、映理の存在が歳を重ねていく母の、不安材料になるのは嫌だった。

「あぁそれから、洋輔は今日から、私が見るわ」

結婚についてぼんやり考えていたから、母の発言にびっくりしてしまう。

「え？　膝は？」

「久美がなんて言ったか知らないけど、もう随分いいの。今だって買い物行ったり、食事作ったりしてるんだから」

確かに家を見回しても、荒れた様子はない。母が掃除をしているのは明らかで、支障なく日常生活を送れているのだろう。

「でも洋輔を抱き上げるのは難しいんじゃ」

「大丈夫。映理と違って、わたしはふたりも育てたんだから。うまく手を抜きながら頑張るわよ。久美だって、もう少ししたら帰ってくるだろうし」

母は笑顔だったけれど、映理は複雑だった。今日は母の様子を見に来ただけで、洋輔とともに帰るつもりだったからだ。

映理がしょんぼりしたせいか、母は不思議そうに言った。

「あんまり嬉しそうじゃないわね。大変だって言ってたのに」

自分の気持ちが、映理自身不可解だった。これで寝不足から解放されるのに、いざ洋輔と離れるとなると、胸にぽっかり穴が空いたような気がする。

「寂しくなっちゃった？」

「そうかも、しれない。一緒にいたのは、ほんの数日だったのに、おかしいよね」

映理が苦笑すると、母は軽く首を左右に振った。

「赤ちゃんってね、日々成長していくの。だんだんおっぱいも飲まなくなるし、抱っこしなくても自分で歩けるようになる。その時々で、やっぱり寂しさはあるわ」

母は昔を懐かしんでいるのか、遠い目をして続ける。

「だから映理がそう思うのは自然なことよ。一足早く、母親の心構えができたと思えばいいんじゃない？」

「うん……」

子どもどころか、結婚もできそうにないのに、母親の心構えだなんて。

なんだか切なくなってしまうけれど、さっさと晃のことを吹っ切って、婚活に力を入れなさいということなのかもしれない。

「じゃあ、お母さんに任せる。多分洋輔にとっても、そのほうがいいんだろうし。うちに残ってる育児用品は、また今度持ってくるね」

「ありがとう。こっちにあるもので大体事足りるから、急がなくていいわよ」

「わかった」

映理は再び洋輔を見た。実家に来ればまた会えるものの、あの小さな手足やぷくぷくのほっぺに触れる機会は、ぐんと減ってしまうだろう。

腕に抱いたときの重みも熱さも、柔らかさも、日々の忙しさに紛れて、きっとすぐに忘れていく。それが本来の日常のはずなのに、大きな喪失感で胸がズキンと痛むのだった。

＊

映理は仕事帰り、スーパーに寄って買い物をしていた。ここ数日は託児所から家に直接帰っていたから、すごく久しぶりな気がする。

今朝は洋輔がいないことに一瞬血の気が引いたけれど、すぐにもういないことを思い出した。泣き声で起こされることもなく、ミルクを作ることもなく。

やっと普段の生活が戻ってきたのに、物足りないだなんて贅沢な悩みだと思う。

子ども、欲しいな――。

もちろん誰の子でもいいわけじゃない。ないけれど、父親になって欲しい人は、二度と会うことのない人だ。

また落ち込んでしまいそうになり、映理は首を左右に振った。

いつまでも引きずるくらいなら、早く次の出会いを探すべきなのだろう。思い切って結婚相談所に登録しようか、それとも最近はマッチングアプリのほうが？

などと考えながら買い物を済ませ、自宅の前まで来たところで、映理は持っていたエコバッグをどさっと地面に落としてしまった。

人はあまりにひどく動揺すると、手から力が抜けるらしい。映理は買った物を拾い上げるでもなく、立ち尽くしたままつぶやいた。

「どうして、ここに」

こんな場所にいるはずのない人が、アパートのドアにもたれかかっている。もう吹っ切りたいのに、会いに来られたら未練が残ってしまう。

晃は、映理を困らせたいのだろうか？

しかも今日の晃は、映理がよく知る晃だった。先日のバリッとしたスーツではなく、出会った頃のようなデニムとプルパーカーを着ている。

懐かしくて、嬉しくて。ＣＥＯの肩書きなんて忘れて、晃に駆け寄りたい、彼の胸に飛び込みたいと思ってしまう。

切ないような愛おしいような、キュンと甘いときめきが、全身に広がっていくのがわかった。晃を忘れなければならないのに、これじゃあ真逆で、映理は彼の姿をまともに見られない。

「会いたかったから、じゃダメか?」

晃がドアから離れ、映理と向き合った。言葉は甘くても顔は真剣そのもので、生半可な気持ちでここに来たわけではないとわかる。

熱い眼差しが映理の心を捉え、彼女は思わず胸を押さえた。あまりにも昔のままで、あの夜の続きが始まったみたいだ。

そんなこと、あるわけがないのに。どんなに過去の晃そのものに思えても、彼の立場が変わるわけじゃない。

「会いたいなんて、気軽に言わないで。無用な誤解をするでしょ?」

「誤解してくれて構わない」

なぜ晃はたやすくそういうことを言うのだろう。まるでふたりの間には、なんの障害もないみたいに。

「大体、この場所をどうやって知ったの?」

晃はすぐに答えなかった。後ろ暗いところがあるようで、映理から視線をそらす。

「……ベビールームの記録を、見たんだ」

映理が何か言いかけると、晃はすぐに頭を下げた。

「悪かったと思ってる。でもどうしても、映理に会いたかった」

そんな風に言われて、晃を責めることなどできるはずがない。再会を望む純粋な気持ちが痛いほど伝わってきて、映理はうつむいた。

「そこまでして、来なくてもいいじゃない」

映理は必死で不機嫌な声を作り、冷たく続ける。

「洋輔のことは勘違いだとわかったんだし、もう私に用はないでしょ？」

精一杯辛辣《しんらつ》に言ったはずなのに、晃は全然堪《こた》えていないみたいだ。むしろ映理に近づいて、彼女の顔をのぞき込んでくる。

「洋輔君は？」

「実家よ。姉が切迫早産で入院したから、母が預かっていたんだけど、軽い怪我をしてしまって」

「だから映理が？」

黙ってうなずくと、晃は得心がいったようだった。

「洋輔君に会えないのは残念だけど、それならゆっくり話ができる」

晃の顔がさらに近づいてきた。長い睫毛や吸い込まれそうな瞳は、呼吸をするのも忘れてしまうほど麗しい。

でも見惚れているわけにはいかないのだ。早く離れなければ。

思えば思うほど、映理の足は根が生えたみたいに動かない。今にも唇が重なるという瞬間、彼女はギュッと目をつぶって顔を背けた。

沈黙が流れ、静かに目を開ける。晃はすでに映理から離れて、共同廊下の手摺《てす》りに頬杖をついていた。

「そんなに俺と、話したくない？」

悲しみを湛《たた》えた目を伏せ、晃は肩を落としている。彼を痛めつけたいわけじゃないから、そんな風にされると映理まで傷つく。

「そうじゃ、ないけど。話すことなんて何もないじゃない？」

自分で言って、自分で落ち込んでしまう。口にすると、改めてその事実が突き付けられるからだろう。

「俺はある」

力強い言葉と、本気の瞳。晃が映理と手を取り合えると、心から信じているようで、彼女は戸惑う。

だってもう、わかっている。映理の周囲で起こる何気ない毎日は、晃とは共有できない。ステージが違いすぎて、どんなに手を伸ばしても届かないのだ。

「私にはない、よ」

映理は足元を見つめたまま、落としたエコバッグを持ち上げる。これ以上晃の側にいたら、泣いてしまいそうだ。

「お願いだから帰って。CEOって、忙しいんじゃないの？」

「忙しいよ。でも映理に会いに来たんだ。この意味、わからない？」

また晃は、映理に期待を持たせる。それがどれだけ残酷なことか、気づかないほど鈍感な人じゃないはずなのに。

「……わからない」

「じゃあわからせてやる」

晃は映理の背中に手を回し、素早く熱く彼女を抱きしめた。彼の胸が激しく脈打っているのが伝わってきて、彼女の鼓動もまた速くなる。

「ぁ、やめて」

「やめない。俺の心臓、ドキドキしてるだろ。映理をこの腕に抱いてるからだって、わかれよ」

静かな声で、晃はさらに続ける。

「連絡が取れなくなってからも、ずっと映理だけを想ってきた。もう二度と離したくないんだ」

言葉だけを聞いたら、愛の告白としか思えない。

でもそんな風に受け取ってはいけないのだ。晃は雲の上の人なのだから。

理解しているのに、晃の温もりや匂いが映理の中に染み渡って満たされてしまう。

「ダメ、こんな場所で」

拒否しても、弱々しい声しか出ない。晃に抱かれることが幸せだと、映理の細胞全てがそう主張している。

「じゃあ、どこならいい？」

「そういう問題じゃない、よ」

どうにか晃の腕から逃れようとするけれど、彼に力を緩める気はないみたいだ。それどころか、さらに腕の力は強くなってくる。

「映理はこのままでいいんだ？」

晃が映理の耳に唇を寄せて尋ねた。ゾクゾクして、身体から力が抜けてしまいそうだ。

「いいわけ、ないでしょ」

もっと強く拒絶しなきゃ——。

頭ではわかっていながら、言葉ほどには拒めない。身体が言うことを聞いてくれず、晃を受け入れようとしてしまう。

「俺は落ち着いて話がしたいだけだ。他には何も、望んでない」

幼子に言い含めるように、優しく晃が言った。口調は穏やかだけれど、決して引かない強さがあった。

「……家に、来て」

共用廊下をいつまでも塞ぐわけにはいかないし、こんなところを見られたら、近所で噂になってしまう。

「いいのか？」

「うん、でも少しだけ待って。部屋を片付けるから」

「俺はそのままでも」

「よくない。五分くらいで済むから」

キッパリと映理が言うと、ようやく晃が離してくれた。彼女は鞄から鍵を取り出し、急いで部屋に入って扉を閉める。

洋輔との同居生活で、部屋はかなり荒れている。今から掃除機をかけるわけにもいかないが、少しは見られるようにしないと。

映理は窓を開けて部屋の空気を入れ換え、買ってきた物を冷蔵庫に詰めた。雑然と散らかったものを本来の場所に戻し、ウエットシートでフローリングの拭き掃除をする。

「このくらいが限界、かな」

あまり晃を待たせるわけにもいかないから、映理は適当なところで掃除を切り上げた。コーヒー用の湯を沸かし、晃を招き入れる。

「お待たせ。どうぞ、入って」

「お邪魔します」

晃が靴を脱いで、廊下に上がった。天井の低いワンルームに背の高い晃がいると、すごく圧迫感がある。

「ごめんね、狭くて」

「別に。映理らしい部屋だと思うよ。狭くても雰囲気があって、ディスプレイにもテーマ性が感じられる」

こだわった棚と、凝った陳列。晃が気づいてくれることが、とても嬉しい。映理への深い理解を感じて胸が熱くなるけれど、あまり喜びを顔に出すわけにもいかず、彼女はできるだけつれなく言った。

「ありがとう。コーヒー淹れるから、そのへんに座ってて」

「悪いな」

ちゃぶ台の前に座っていると、晃もただの人に見える。本当にそうなら、どれだけよかっただろう。

映理はマグカップを取り出し、いつも飲んでいるスティックのコーヒーを入れる。晃に飲んでもらうなら、もう少しいいものを用意したかったけれど仕方ない。

「インスタントだけど」

申し訳なく思いながら、映理はマグカップを差し出す。

「俺だって、しょっちゅう飲んでる。毎日豆から挽いてるわけじゃない」

晃はマグカップを受け取り、ひと口飲んで続ける。

「うまいよ。ありがとう」

お世辞でも晃はお礼を言ってくれる。本当に気遣いの人なのだ。

映理は晃の温かさを感じつつ、彼の前に座った。いつもより時間を掛けてコーヒーを飲み、口を切る。

「それで、話って？」

「まずはこの前のこと、謝らせてくれ」

晃は正座をして、映理に向かって頭を下げる。

「俺の子どもだなんて、勝手な勘違いをして、本当に申し訳なかった」

ストレートな謝罪から、晃が猛省しているのがわかる。彼は何も悪くないのに。

「私がいけないの。ちゃんと言わなかったから」

それもわざと言わなかったのだ。晃の勘違いを助長させるような、曖昧《あいまい》な態度を取って彼を混乱させてしまった。

「まさか洋輔を、自分の子どもだと思うとは考えなかったの。私には夫がいて、子どももいて、幸せに暮らしてると察してもらえたらって」

「指輪もしてないのに？」

左手の薬指に視線をやり、映理は隠すように手を重ねた。晃が彼女の手元に目をやっていたのは気づいていたが、そんなことを確認していたなんて。

「父親が近くにいる様子もなかったし、留学を取りやめて緊急帰国するような状況で、映理が俺以外の男と結婚、出産するなんて考えられないよ」

晃は本当に映理のことをよくわかっている。嘘をつくつもりはなかったけれど、結局映理の行動は、余計に事態をかき回してしまっただけみたいだ。

「ごめんなさい。晃はCEOだし、私みたいな一般人が関わると、よくないと思ったから」

「立場なんて関係ない。俺たちはただの男と女じゃないか」

大きなため息とともに、晃がつぶやく。彼がどんな思いで言ったのかはわからないが、映理は以前と同じようには彼と接することができない。

「それぞれに生活や仕事があるんだから、そんな風には思えないよ」

「生活スタイルも働き方も、変えられないわけじゃないだろ」

人生は長いのだから、タイミングによってはそういうこともあるだろう。

家族が増えたり、昇格したり。映理のお客様だってそういう節目で、家を買い求める方が多い。ただ晃の言い方は、どこか無責任に聞こえてしまう。

「私はともかく、晃には無理でしょ？」

街の工務店の従業員と、世界を股に掛ける超巨大企業のＣＥＯ。ひとつの決断が、周囲に与える影響は桁違いだ。

「やろうと思えば、できるさ」

晃がムキになっている気がして、映理もまた責めるような調子になってしまう。

「簡単に言わないでよ」

「簡単だとは思ってない」

「わかってるなら、安請け合いしないで」

「俺はできると思ってるから、言ってるんだ」

「晃が自分の意志だけで、決められることじゃないでしょ」

言い争いなんてしたくない。それなのに会話がヒートアップして、収拾が付かなくなっていく。

急に晃が目を閉じた。両手を組んで祈るような仕草をする。

「映理、俺には君が必要なんだ」

落ち着いた声……。再び開いた瞳には強い決意が満ちており、晃はゆっくりと諭すように続ける。

「たとえ困難な道だとしても、俺は他の道を選ぼうとは思わない」

信じ、られなかった。

とても現実とは思えないけれど、晃の気持ちは本物なのだ。それは再会してから彼が発した言葉全てが、真実だったということ。

あの夜から何も、変わっていない——。

ふたりはずっと想い合ったまま、再び会える保証もないのに、この一年半を過ごしてきた。それが事実だとしたら、これほどの感動はなかった。

映理が晃を思い出さない日はなかったように、彼もまた彼女のことだけを想い続けていてくれたのだ。

こうして再会できたことは、運命のように思う。心も身体も熱くなり、晃の腕の中でこの奇跡を分かち合いたいという衝動が溢れ出す。

でも映理が、晃の胸に飛び込むことはないのだ。

たとえ同じ気持ちだったとしても、ふたりの間には数多くの障壁がある。映理が知らなかっただけで、最初からそこにあったのだ。

目には見えなくても、気づいてしまったのだから、映理はもう動けない。決して動いてはいけない。感情に飲まれてしまったら、誘惑に流されてしまったら、お互いが不幸になる。

映理はグッと下唇を噛み、心の中で涙しながら言った。

「私は日本を離れる気はないよ」

「じゃあ俺がこっちに残る。拠点を日本に移せばいい」

CEOの発言だとは思えなかった。晃は映理だけのために、それを実行しようとしているのだ。

「そんなこと、許されるはず」

「許しなんかいらない。俺が決めればいいだけのことだ」

横暴だ。トップに立つ者として、言っていいことと悪いことがある。

でもそれを言わせているのは、映理なのだ。自分の存在が晃にとって、害悪なのではと思うと、この場から消え去ってしまいたくなる。

「手順を踏まず、突然プロポーズしたのは、悪かったと思ってる。ただ映理がシングルマザーとして頑張っているなら、まず先に安心させたいと思っただけなんだ」

「……責任を、取りたかったってこと？」

晃はうなずき、こちらに手を伸ばして、映理の手を強く握った。

驚いて振り解こうとするが、晃は離してくれない。熱っぽい瞳で映理を見つめたまま、一年半越しの恋情をぶつけるように力説する。

「でも、子どもが理由じゃない。俺は映理を愛している。あの夜から、俺の気持ちは少しも変わってないよ」

映理だって、同じだ。

あの夜がそのまま今に繋がっているなら、映理は晃の手を握り返したと思う。しかしふたりの置かれた状況は、あの夜とは違う。

ものには時節があるのだ。相応しい時機に、相応しい行動を取らなければ、もう引き返すことはできない。

「私は、変わったよ」

映理は掴まれた手をそっと引き寄せ、唇に触れた。自分を偽るのは辛いけれど、それがベストな選択だと信じて。

「以前のようには晃を愛せない」

声が震えてはいなかっただろうか。瞬きが多すぎはしなかっただろうか。瞳が揺れてはいなかっただろうか。

意識して嘘をつくことなんてないから、自然に言えたかどうか心配になる。

「俺の目を見て、言えるのか」

晃の言葉で、映理は無意識に目をそらしていたことに気づく。

面と向かって、晃に「愛してない」と告げる——。

そんなことできない。したくもない。でも、言わなければいけないのだ。

「もう、諦めて。昔には戻れないの」

もっとハッキリ言うべきだったかもしれない。けれどこれが限界だった。悲しみを湛えた晃の瞳を見たら、「愛してない」なんて言葉は選べなかった。

「嘘だ。俺は信じない」

力強く、晃が言った。映理の気持ちを見透かしているみたいで、心が騒ぐ。

どうしたら、いいのだろう？

これ以上の拒絶はできない。できたとしても中途半端になって、晃の決心を鈍らせるだけだ。

本当のことを言うべきだろうか。晃を愛しているのだ、と。

言ってしまえれば、どんなにいいだろう。口を衝いて出そうになる言葉を、映理は必死で飲み込む。

ダメ、なのだ。軽々しく、なんの覚悟もなく、言えることじゃない。

映理は代わりに、晃の気持ちを試す質問をした。

「晃はさっき、子どもが理由じゃないと言ったけど、洋輔をパレスベイの後継にって思ったんじゃないの？」

「……否定はしない。映理には俺の子を産んで欲しいと思ってる」

理解していたつもりだったけれど、晃の口から聞くと、現実の重さで気持ちが沈む。

彼と映理が愛し合っているだけでは、やはり何も解決できない。

「私には荷が重いよ。晃の後継を産むなら、もっと優秀な人がいいと思う」

「俺は映理との子どもしか欲しくないんだ」

揺るぎない表情で晃は言うけれど、映理は素直にその言葉を喜べない。

「晃の両親は、それを許してくれるの？」

晃は三十代半ば。立場を考えれば、すでに結婚していてもおかしくはない。むしろ今まで独身だったのが不思議なくらいだ。

晃の両親が彼に対してどんな話をしているかは、想像に難くない。きっと所帯を持つよう急かされているだろう。

ただし相手は映理じゃない。パレスベイの後継を産むに相応しい、結婚相手候補がいるはずなのだ。

「俺が説得するよ」

「つまり私は、説得しないといけない相手、ってことでしょ？」

「違う、そういう意味じゃない。俺の妻になる人は映理だけだから」

晃は偽らざる気持ちを語っているのかもしれないけれど、映理には響かなかった。

彼の両親が彼女を認めてくれるとは思えない。

好きだから、愛しているから、一緒にいられるわけじゃないのだ。

「晃はＣＥＯなんだから、パレスベイのことを、一番に考えるべきだよ」

映理が言わなくても、晃はわかっていたはずだと思う。なのに彼は、衝撃の事実を知ったみたいな表情を浮かべた。

顔を伏せ、拳を握りしめ、晃は自分の無力さを責めているようにも見える。

「俺を、信じてくれないのか？」

やっと口にした質問は、どこか弱々しく、映理の胸を締め付ける。

映理だって本当は信じたいのだ。晃との間に未来がある、と。ふたりなら乗り越えていける、と。

しかしあまりにも無謀で、たくさんの人達に迷惑がかかる。おそらく映理には把握し切れないほど、途方もない規模で。

「信じるとか、信じないとかじゃないよ」

無理して口角を上げ、映理はなんでもない顔をした。他に方法がない以上、晃を諭すくらいしか彼女にはできない。

「私を愛してるなんて、きっと気の迷いだから。晃には私より似合いの人がいると思う」

「なんでそんなこと、言うんだよ」

吐き捨てるように言って、晃が立ち上がった。今にも泣き出すんじゃないかと思えるほど顔を歪め、映理を見下ろす。

「俺がどれほど寂しかったか、どんなに映理を求めてたか、いちいち説明しなきゃわからないのか?」

「晃……」

「映理と再会できて、神様っているんだなと思ったよ。やっぱり運命なんだって」

あぁ同じ、だ。晃も映理と同じことを、思っていた。

ふたりの気持ちは、本当に深いところで繋がっている。けれどそこに喜びはない。強く結ばれているからこそ、映理の苦しみがより一層重くなるだけだ。

「映理は違ったのか? 俺と再会して、何も思わなかった?」

晃が映理の側にひざまずき、彼女の肩を掴んだ。強く痛みが走り、力加減を忘れてしまうほど、彼の気持ちが昂ぶっているのだとわかる。

「懐かし、かったよ」

どうにか選んだ言葉を、晃は否定した。

「そうじゃない。また巡り会えたことに、感動しなかったのかって聞いてるんだよ!」

どうして晃は、映理を追い詰めるのだろう。

晃に聞かれなくたって、嬉しかったに決まってる。映理だって、ずっとずっと、晃に負けないくらい、彼に恋い焦がれてきたのだから。

このままだと、映理もまた本音を口走ってしまいそうだ。晃の情熱はそれほどまでに、彼女の心を掻き乱した。

「もう、帰って」

目頭が熱くなって、映理は瞼を閉じた。涙が溢れるのが怖かったからだ。

「帰れるわけないだろ。まだ映理の気持ちを聞いてない」

「何度も言ったじゃない」

「俺が聞きたいのは映理の本心だ」

晃は強く強く映理の両肩を握りしめ、懇願するように頭を下げる。

「頼むから、愛してると言ってくれ。俺は映理となら、どんなことでも乗り越えてみせる」

言えればどんなに楽だろう。でも絶対に言ってはいけないのだ。

「迷惑、なんです。帰ってください」

冷たく、他人行儀に言い放つと、晃はようやく手を離した。映理は辛くて顔を上げることができない。

「俺の気持ちは変わらない。連絡、待ってるから」

晃が内ポケットから名刺を取り出し、テーブルに置いた。彼は立ち上がって玄関に向かったけれど、これをもらってしまったら、映理は彼を忘れられない。

映理は晃を追いかけ、彼の手に名刺を押しつけた。

「ごめん、受け取れない」

晃の顔が見られなかった。胸が張り裂けそうで、うまく息が吸えない。

この瞬間が、晃に触れる最後になるだろう。こんな悲しい結末なら、再会などしなければよかった。

「映理は、本当にそれでいいのか?」

身を切るほどに悲痛な声が聞こえた。晃は映理の差し出す名刺を見つめ、確認するように尋ねる。

「またあの苦しい日々を、過ごすつもりなのか?」

「もう決めたこと、だから」

長い沈黙があった。晃は映理が発言を翻《ひるがえ》すのを待っていたのかもしれないけれど、それができるなら名刺を突き返しなどしない。

「わかった」

最後にひと言だけ残し、晃は扉を開けて出て行った。

扉が閉まった途端、映理の目から涙がこぼれる。慌てて口を押さえるが、わずかに嗚咽が漏れてしまう。

「っ……ひ、……っく」

泣き声が聞こえたら、晃が戻ってくるかもしれない。映理は唇を閉じ、頬を伝う涙を何度も拭った。

＊

「やだ、どうしたの？　その目」

奈央に声を掛けられなくても、瞼がひどいことになっているのはわかっている。ひと晩中泣き明かしたのだから当然の結果だ。

それでも会社に来たのは、今まで以上に仕事に打ち込むという覚悟のため。晃との関係は終わったのだから、映理にはもう仕事しかない。

「泣けるって評判の映画を観たら、本当に泣けちゃって」

映理は元気な振りをして、準備していた答えを言った。奈央は目をパチパチとさせ、どこか半信半疑だ。

「そんなになるまで？　よっぽどいい映画だったのね」

作品タイトルを聞かれたら困るなと思っていたけれど、奈央はそれ以上突っ込んでこなかった。ただし、ひと言付け加えるのは忘れない。

「インテリアコーディネーターは接客業でもあるんだから、コンディションはちゃんと整えなきゃ。いつ打ち合わせが入るかわからないのよ？」

「はい、すみません」

奈央の言うとおりなので、映理はすぐに頭を下げた。この喪失感から立ち直るには、まだ時間は掛かるかもしれないけれど、気を引きしめていかなければ。

「これから気をつけます」

幸い今日はお客様に会う予定はない。現場のチェックには行くけれど、相手は業者だから何か言われることもないだろう。

「今日は」

ホワイトボードの予定表を見ながら、奈央が口を開きかけたところで、プルルルルと電話が鳴った。彼女が受話器を取り上げ応対をする。

「はい、タケイホームズでございます。あぁ佐藤様、お世話になっております。安原ですね、少々お待ちください」

転送された電話に出ると、決めた壁紙を変更したいとのことだった。発注書はすでに作っていたけれど、やり直さなければならない。

しかも今日の夕刻、急遽打ち合わせの希望だ。

目が腫れているのでまた後日、なんて言えるはずもない。快諾したものの、お客様が気にされて、打ち合わせに集中できなかったらと思うと憂鬱《ゆううつ》になる。

「それでは本日、お待ちしております。はい、失礼いたします」

電話を切ると、奈央が「ほらね」という顔をした。別に珍しいことではないのだから、これは映理の失態だ。

そうでなくても洋輔を預かっていたことで、ここ数日皆に迷惑をかけてしまっている。もっと仕事に集中するべきだ。

「ちょっと目を冷やしてきます」

「そうするといいわ。まだ時間はあるし、打ち合わせまでには腫れも引いてるわよ」

奈央に励まされ、映理は給湯室に向かった。氷を袋に入れ、閉じた瞼の上に乗せる。

ヒンヤリとした感触が心地いい。

「泣いたって、仕方ないのに……」

映理が自分で別れを決めたのだ。悲しむ資格なんて、本当はないのだろう。

それなのに溢れる涙を止められなかった。どうしようもなく晃を愛していて、今だって彼の下へ走っていきたいのだ。

でも映理にはそんな勇気はない。それは無謀だと思うからだ。

誰にでも、身の丈に合った生活というものがある。ほんの少しの差なら、縮める努力もできるだろう。しかし映理と晃の差は、大きすぎる。

晃が普通のサラリーマンだったならと、思わずにはいられない。きっと皆がふたりを祝福してくれただろうに。

願ったところで、どうにもならない。だったら、晃の幸せを祈るだけだ。

なんだかまた泣きそうになってしまい、映理はゆっくりと深呼吸をした。もう晃のことは考えない。今このときに、気持ちを切り替えていかないと。

映理の人生は、晃がいなくても、続いていくのだから。

*

会社の休日を利用して、映理は久美のお見舞いに来ていた。お見舞いと言っても、頼まれた物を渡しに来ただけなのだけれど。

「あー、美味しい。入院してると、食べることしか楽しみがないのよねー」

久美はアップルパイを口に運びながら、しみじみと言った。ひと口ひと口を味わいながら、大事に食べる様子を見ると、差し入れしてよかったなと思える。

「そんなに喜んでくれるなら、また買ってくるよ」

「ホント？　じゃあ次はチーズケーキがいいな」

「わかった。評判のいいお店、探しとく」

映理が答えると、久美はフォークを置いた。ちょっと真面目な顔をして、軽く頭を下げる。

「ありがとう。いつも悪いわね」

「どうしたの、改まって」

「たまにはきちんと、お礼言わなきゃと思っただけ。最近面倒かけてばかりだし」

強引なところもある久美だけれど、気遣いができないわけじゃない。だからこそ、今まで姉妹仲良くしてこられたのだ。

「面倒だなんて思ってないよ。洋輔をお母さんに任せるとき、寂しくなったくらいだもん」

映理が微笑んだからか、久美はホッとした様子でからかう。

「そういえば、お母さんも言ってたわ。映理が母性に目覚めたらしいって」

「えぇ？　そこまで大げさな話じゃないよ。ちょっぴり、子どもが欲しくなっただけ」

「映理にしたら、大きな心境の変化じゃない。まぁうちの洋輔は、めちゃくちゃ可愛いから、無理もないけど」

得意げに胸を反らせる久美がおかしくて、映理はふふっと笑う。

「なんか、親バカっぽいね」

「いいのよ、親バカで。親が我が子を可愛がらなくてどうするの」

自信満々に言われると、すんなり納得してしまう。やっぱり久美はお母さんなんだと思うと、彼女がすごく眩しく見える。

「私もいつか、同じようなこと、思うのかな」

映理が思わずつぶやくと、久美が優しく答えてくれる。

「きっと母親になったらね」

久美は再びフォークを取り、ケーキを食べながら尋ねた。

「誰かいないの？　この人の子どもを産みたいって思える人」

予想外の質問で、胸がドキンとする。映理は意識せず唇に触れ、静かに深呼吸してから言った。

「いない、よ」

「いるんだ」

間髪容れずに久美が答え、映理はびっくりして顔を上げる。

「映理は自分の気持ちに嘘をつくとき、唇に触れるから。すぐわかっちゃう」

久美は笑っているけれど、そんな癖知らなかった。姉だけあって、妹のことをよく見ている。

「どんな人なの？」

もう黙ってはいられない雰囲気で、映理は仕方なく口を開いた。

「お姉ちゃん、私が留学中スリに遭ったって話したこと、覚えてる？」

「スリ？」

首をひねった久美が、記憶をたどるように右上を見つめる。

「……あぁ、思い出した。確かバッグを取り返してくれた人がいて、デートに誘われたとかなんとか」

あのときも確かデートじゃないと言ったはずだが、久美の中ではそういうことになっているのだろう。彼女は恋人になるなら紹介してと言ったので、そうならなかったから、以後の出来事を何も話していない。

「その人に、会ったの」

「え、日本で？」

久美は目を丸くして、身を乗り出す。そんな偶然まずあり得ないし、彼女が驚くのも当たり前だ。

「うん、パレスベイ・ジャパンのイベントで」

「やだ、それって、私のおかげじゃない？」

映理がうなずくと、久美は両手を組んで感嘆の声をあげた。

「すごい、ドラマチック。で、どうなったの？」

どう、と言われると返事に困る。別にどうもなっていないのだ。

でもちゃんと答えたほうがいいのだろう。自分の中でけりをつけるためにも。

「プロポーズされた」

「ちょ、なんで言わないの！」

大慌ての久美を前にして、映理は冷静に答える。

「だって断ったもの」

久美が眉間に皺を寄せ、沈痛な面持ちで言った。

「どうして？」

「彼、パレスベイのCEOだったの」

驚天動地の事実だらけで、最早久美は返事をするのも忘れてしまったみたいだ。ポカンと口を開け、ただ映理を見ている。

映理はスマホのアプリを起動し、撮ってもらった写真を開く。晃の姿が目に入ると、また涙がこぼれそうになるので、すぐ久美に渡した。

「この人、よ」

久美はスマホを受け取り、食い入るように画面を見つめる。顔を近づけたかと思うと、離してみたり、拡大してみたり、まるで品定めをしているみたいだ。

「すっごい、イケメン……。モデルさんみたい」

あんなに時間を掛けて、感想がそれ？　あまりにもストレートな答えに、映理は苦笑してしまう。

「確かに、そうだけど」

「しかも見ず知らずの映理のために、バッグを取り返してくれるナイスガイ」

「まぁ、ね」

久美は映理にスマホを返しながら、悩ましげにつぶやく。

「格好よくて、優しくて、おまけにCEO、か」

「そんな人の奥さんに、なれるわけないでしょ？」

きっと久美も同意してくれる。そう思ったのに、彼女は全然予想外のことを言った。

「でも映理は、この人のこと、好きなんじゃないの」

「それは」

「この人だって、映理のことを愛してる」

周知の事実であるかのように久美が言い、さすがの映理も強く否定せざるを得なかった。

「そんなこと、お姉ちゃんにわかるはずない」

「わかるわよ。だって旦那が、私や洋輔を見てるときと、同じ目をしてるもの」

妙な説得力のある答えだった。久美の夫には、数えるほどしか会ったことがないけれど、彼の愛情深さは映理もよく知っている。

「結婚したらいいじゃない。愛し合ってるんだから」

久美がたやすく言うことが、映理には信じられない。晃は彼女たちには想像も付かないような、責任や義務を負っているのに。

「お姉ちゃんが思うほど、単純な話じゃないんだってば」

「単純よ。一番大事なのは、気持ちでしょ？」

まるで子どものような物言いに、映理は困惑するばかりだ。結婚はふたりの愛情だけで決まるものではない。

「私はお姉ちゃんみたいにはいかないよ。それに肝心の気持ちだって、もうどうだかわかんないし」

「どうして？」

そこまで詳しく説明する気はなかったのだけれど、こうなっては仕方ない。映理はうつむきながら、ぽつりぽつりと話し始める。

「……その写真を撮ったあと、改めて彼が訪ねてきてくれたの。もう一度、プロポーズしてくれた」

久美が何か言う前に、映理は続けて言った。

「でも断ったの。彼だってもう諦めてる。私なんかに、いつまでもこだわってられるほど、暇な人じゃないんだから」

晃が本気で結婚しようと思ったら、相手なんていくらでもいる。映理のために時間を掛けるなんて馬鹿らしい。

「そんなにすぐ、気持ちなんて切り替えられないと思うけど」

久美が冷静に言う一方で、映理は感情的になっていく。涙だけはこぼさないようにするので、精一杯だ。

「私、随分ひどいことも言ったんだよ。想いを断ち切りたかったから。自分のために彼を傷つけて、今更結婚なんて」

「自分のためじゃなくて、彼のためでしょ?」

映理の言葉を遮り、久美が優しく言った。顔を上げると姉が穏やかに笑っていて、泣きそうになる。

「映理のことだから、身を引こうとしたんじゃないの。自分じゃ釣り合わないと思って」

久美はなんでもお見通しだ。映理が答えられないでいると、そのまま静かに話を続ける。

「そういう映理の性格、彼は多分わかってるよ。そんな映理だから、好きになったのかもしれない。きっと簡単に諦めたりしないわ」

晃が最後、どんな表情を浮かべていたのか、映理は知らない。悲しみに押し潰されそうで、彼の様子にまで気が回らなかったのだ。

「だとしても、もう」

自信なくつぶやく映理を見て、久美が諭すように言った。

「映理は、待ってるだけでいいの?」

まるで晃がまたプロポーズをしに来ると、確信しているみたいな言い方だった。彼に会ったこともない久美に、わかるはずがないのに。

「別に待ってるわけじゃ」

「彼はCEOの奥さんが、ちゃんと映理に務まると思ってる。だから結婚を申し込んだのよ。一度や二度でくじけるはずないわ」

なんの根拠があって、言い切るのだろう。映理には納得できないが、久美は念を押すように続ける。

「映理は愛する人の判断を信じて、受け入れればいいの」

「無理、よ」

「無理だったら、戻ってくればいいわ」

久美が事も無げに言い、映理は耳を疑う。姉が妹に言う台詞とは思えなかった。

「だって、そんなこと、できるわけ」

「何か問題ある？　私もお母さんも、絶対映理の味方なのに」

柔らかく温かい言葉だった。

心がふわっと軽くなり、映理はあることに気づく。

パーフェクトを求めていたこと。非の打ち所がない、完璧なCEOの妻にならなければいけないと、思い込んでいたことに。

「……本当にいい、の？」

「いいわよ。自分に嘘をつく映理を見るほうが辛いもの」

「たとえうまくいっても、日本にはいられなくなるんだよ？」

「それだけ映理が幸せだってことでしょ？　ビデオ通話だってできるんだから、距離が離れてたって、いくらでも会えるわ」

寂しくないのと言いそうになったけれど、多分映理が寂しいのだ。久美はたとえ寂しくても、口にはしない。姉、だから。

「私、行ってくる」

映理は怖じ気づいていた自分と決別するように、強く首を左右に振った。晃を愛してる。彼の側にいたい。本当にただそれだけで、よかったのに。

晃の肩書きや立場に気後れして、彼には相応しくないと自分に言い聞かせてきた。諦めていたのだ。

でも、もう迷わない。晃の愛を受け止められるくらい強くならなければ。映理だって彼を誰より必要としているのだから。

「行ってらっしゃい。また結果、教えてね」

笑顔の久美に見送られ、映理は逸《はや》る気持ちで病室を出たのだった。

目的地はパレスベイ・ジャパン。

電車で、と思ったけれど、今は節約なんて考えている場合じゃない。映理はタクシーを捕まえて、ホテルまで急いでもらう。

久美はああ言ったけれど、映理が冷たく拒絶した事実は変わらない。晃が今何を感じているかは、誰にもわからないのだ。

もう遅いのでは、という不安が胸をかすめる。

それでも映理が晃の下に向かっているのは、改めて彼が彼女を信じてくれていたのだと悟ったから。

晃が映理を選んだ先には、数多くの困難が待ち構えている。ビジネスに絡む事柄もそうだし、彼の両親も彼女を認めてはくれないかもしれない。

何もかも承知した上で、晃が映理にプロポーズしてくれたのは、ふたりでなら全部乗り越えていけると思っていたからだ。

なのに映理には、覚悟ができていなかった。強くなったつもりで、彼女は少しも変わっていない。晃に初めて誘われたあのときから。

一歩踏み出す勇気がなくて、また久美に後押ししてもらった。自分で考えて自分で選んで、正しい道を選択してきたつもりだったけれど、映理は晃のこととなると間違えてばかりだった気がする。

答えが出せなかったり、素直になれなかったり。

ずっと不思議だったけれど、それは晃を心から愛しているからなのだ。彼にとっての幸せを考えればこそ、感情の赴くままに行動することはできなかった。

でも久美の言うように、今度こそ晃の判断を信じよう。ふたりだからこそ、作り上げられる日々があるはずだから。

「お客さん、着きましたよ」

「ありがとうございます」

映理は料金を支払ってタクシーを降り、フロントに向かった。

「すみません、私は安原映理と申します。CEOの市岡晃さんにお会いしたいのですが」

以前のような失態を演じないように、晃の役職を告げたものの、これでは不審者と変わらないなと思ってしまう。映理には肩書きなんてないし、どこの誰だと聞かれても名前しか言えないのだ。

あのとき晃の名刺をもらっておけば、こんなことにはならなかったのに。後悔先に立たずとはまさにこのことだ。

もし断られてしまったら、時間が掛かっても説明するしかない。何をどう言えばいいかと考えていたら、フロントの女性は思いがけないことを言った。

「申し訳ありません。市岡はただいま、こちらにはおりません」

「え、どういう」

「本国の業務に戻りました。次の来日がいつになるかは、未定でございます」

嘘──。

足元がふらつき、映理はとっさにカウンターを掴んだ。

「大丈夫ですか、お客様！」

「あ、あぁ、はい、大丈夫、です」

どうして晃は、映理に何も言わずに行ってしまったのだろう？

もう映理を、諦めてしまったから？

すんなり納得してしまいそうになるけれど、もう勝手な判断はしたくない。たとえそうでも、晃に会って彼の口から聞きたかった。

でも、どうすればいい？

会いに行けないわけじゃない。ないけれど、簡単に行ける場所でもない。飛行機のチケットも取らなければならないし、会社だって休まないといけないだろう。映理の個人的な都合で、そこまで厄介はかけられなかった。

「もしかして、ＣＥＯとご一緒に、イベントを回られた方、ですか？」

迷う映理に声を掛けてきたのは、晃の秘書だった。顔に見覚えがある。

「そう、ですが」

「ＣＥＯが出発される便は、今日の十八時十分です」

「じゃあまだ日本に」

「はい。空港にいらっしゃると思います。もしよろしければ」

「ありがとうございます！　行ってみます」

映理は頭を下げ、すぐに駆け出していた。秘書が話している途中で失礼だとは思ったけれど、少しでも早くここを出たかった。

すでに時刻は十七時を過ぎている。

ホテルから空港まで車を使っても三十分はかかるから、チェックインは済ませてしまっているだろう。

それでも出発前なら、晃を呼び出してもらえるかもしれない。

映理は大通りへ出て、またタクシーを捕まえた。後部座席に乗り込み、考えるのはやはり晃のことだ。

迷惑だと言われ、名刺をも突き返され。あの状況では、晃が映理に連絡を取ろうと思うはずがない。彼が黙って去ろうとしたのは、当然のことだ。

映理だって久美に背中を押されなかったら、こんな風に晃を追いかけはしなかっただろう。仮に電話をもらったとしても、取ることはなかったはずだ。

後悔はあるけれど、今は前だけを向いていよう。せっかく迷いを捨て、決心したのだ。今度こそ、正直になりたい。

「お客さん、時間いけます?」

運転手に声を掛けられ、映理は反射的に左腕を見た。時計の針は十七時五十分で、本来ならもう空港に着いている時間だ。

「道が混んでるんですか?」

「えぇ。何かあったのかな」

困った顔をする運転手に、映理は恐る恐る尋ねた。

「あの、何時くらいに着きますか?」

「うーん、十八時半には着くと思うけど」

そんなに遅く？

青くなった映理は、慌てて運転手にお願いをする。

「十八時までには着きたいんです。なんとかなりませんか？」

「こればっかりはねぇ。急いではみるけど」

運転手を責めても仕方ない。わかってはいるものの、気ばかり焦って、意味もなく車窓を眺めてしまう。

よく考えれば、電車でよかったのだ。パレスベイ・ジャパンは、駅直結のホテルなのだから。

気が動転している。全く冷静な判断ができていない。衝動的な自分が情けなくなるけれど、とっさに身体が動いてしまったのだ。

ここまできたら、もうどうしようもない。少しでも早くタクシーが、空港に着いてくれることを願うだけだ。

映理はギュッと目を閉じ、両手を組んでひたすらに祈った。

指先が冷たくなり、呼吸が浅くなっていく。極度の緊張と不安で、意識が遠のきそうだ。

「……さん、着きましたよ」

ている。

「え、あ、はい」

ハッと顔を上げると、空港だった。時刻は十八時十五分。飛行機はとっくに離陸している。

間に、合わなかった。全身から力が抜けていく。

「お客さん、大丈夫ですか？」

「ありがとう、ございました」

どうにかお礼を言い、支払いを済ませる。なんのためにここまで来たのか、わからないまま、映理は呆然とタクシーを降りた。

晃はもう、行ってしまった。

これからどうするか、考えないといけないのに、何も思い浮かばない。

今すぐ飛行機に飛び乗って、晃を追いかけられればいいが、実際に行動しようとするとまずパスポートがいる。会社に連絡をしたくても、いつ帰れるかわからない状態で、とりあえず休ませて欲しいなんて言えるはずもなかった。

やはり映理には届かない人、なのだろうか。

必死で手を伸ばしたところで、晃ははるか遠くにいる。

迷いはないつもりだったけれど、その遠すぎる距離を前にして、気持ちがくじけそうになってしまうのだ。

ふいにスマホが鳴った。知らない電話番号で、映理は訝しみながら電話に出る。

「はい」

「映理？　今どこ？」

晃の声、だった。機上の人のはずでは？　映理は混乱して、声も出ない。

「聞いてるか？　どこにいるんだ？」

質問されている。映理はやっとそれに気づいて、答えた。

「ぁ、えっと、空港の、タクシー乗り場」

「すぐ行く」

そこで電話がブツッと切れた。

わけがわからなかった。晃は飛行機に乗らなかったのだろうか。

どうして――？

頭の中が整理できないまま、その場に立ち尽くしていると、晃がこちらに駆けてくるのが見えた。

信じられない、本物の晃だ。また、会えた……。

胸の奥から、じわーっと温かいものが込み上げてくる。顔が自然とほころび、身体が打ち震え、あまりの喜びに心が痺れてしまう。

あぁ本当に、よかった。これまでの人生で一番そう思ったかもしれない。この世界のありとあらゆるものに、感謝して回りたいくらいだった。嬉しくて、嬉しすぎて、心も身体もじっとしてはいられない。

映理の足は自ずと晃を求め、彼のほうに向かっていく。

「電車で来ると思ったから、改札で待ってたんだよ。まさかタクシーとは」

晃は笑っていた。とびきりの笑顔で、映理を見ている。

狭いアパートで涙ながらに、映理が告げた言葉達。そんなものは全部、晃は忘れてしまったみたいだ。

「ここまで来なくても、秘書に言ってくれたら出発を延期したのに。俺が戻るまで、ホテルにいたらよかっただろ？」

そのとおりだ。全く、ほんの少しだって、考えもしなかった。秘書はきっとそれを言おうとしたのに、映理が勝手に飛び出してしまったのだ。

「ごめんなさい。私、とにかく早く、晃に会いたくて。空港に行かなきゃって、そればっかりで」

「うん。タクシーを選んだ時点で、大体わかる」

晃は愛おしそうに映理を見つめ、手を伸ばそうとして止めてしまう。代わりに咳払いをして、恥ずかしそうに尋ねた。

「そんなに取り乱してまで、俺に何を伝えたかったんだ？」

映理の答えを晃は知っている。だからこそ、あんな笑顔を見せてくれたのだ。

でもきちんと言葉にしなければ。そのために映理は来たのだから。

「私を、晃の奥さんにしてください」

ハッキリと直球で、真っ直ぐ晃の目を見て言った。

「本当に、いいのか？」

晃もまた映理に真剣な眼差しを向け、笑みの消えた厳かな表情で念を押した。

映理は仕事を辞め、日本を離れることになるだろう。これまでの人生で、彼女が積み重ねてきたもの。失うわけではないけれど、新しい生活に置き換わっていく。

もちろん寂しさはあるけれど、映理は今度こそ決めたのだ。自分にとって一番大切な感情を守るために。

「晃を、愛しているから」

「俺も愛してる」

その瞬間、身体が浮いてしまうほどに、強く抱きしめられた。むき出しの恋情が、ダイレクトに伝わってくるみたいだ。

「あき、ら……？」

「よかった」

たったひと言なのに、心の奥底から想いが吐き出されたのがわかる。晃は狂おしいほどに映理を愛してくれているのだ。

「俺が強引だったから、愛想を尽かされたんじゃないかと思ってた」

「まさか」

「焦ってたんだよ。今度は絶対離したくなくて」

晃はどんな思いで、あのときアパートを出たのだろう。

別れを選ぶことも愛だと言い聞かせ、自分も晃も傷つけてしまった。ひどく辛辣な自らの態度を思い出すと、映理は罪悪感で胸が痛くなる。

「私に自信がなかったせいで、あんな言い方を」

「いいんだ。俺こそ、何も言わずに帰国しようとして悪かった。少し頭を冷やしたくてさ」

晃は映理を諦めてしまったわけじゃなかった。彼なりの反省があって、時間を置こうとしただけだったのだ。

「また、戻ってきてくれるつもりだったの？」

映理が尋ねると、晃がそっと身体を離した。彼は彼女の頭に優しく触れ、穏やかな微笑みでうなずく。

「映理の居場所がわかっただけで、今は満足しようと自分に言い聞かせてた。プロポーズはこの先、何度だってできるからね」

晃の愛情と覚悟が、それほどまでに強いなんて。

愛されているという言葉が、軽々しく聞こえてしまうほど、途方もなく深い慈しむような愛。喜びというよりも感動で、心が満たされていくのがわかる。

「そんなに、想ってくれてたなんて」

「俺はちゃんと伝えたつもりだったんだけどな」

拗《す》ねた表情を浮かべた晃だったけれど、すぐ笑顔になって映理の頬を両手で包む。

「でも、もういい。映理が俺と結婚してくれるなら」

まるで何もかもが解決したみたいな雰囲気だ。本当のハードルは、映理の気持ちより、晃の両親の承諾なのではないだろうか。

「あの、えっと、晃のご両親は、私なんかでいいの？」

「両親は関係ないよ。映理の気持ちのほうがずっと大事だ」

晃は両親を説得することを、放棄してしまったのだろうか。彼なりに考えがあるのかもしれないが、楽観的な様子が心配にもなる。

「不安？」

映理の表情が曇っているからか、晃は優しく聞いてくれる。彼女がうなずくと、彼はびっくりするほど軽く言った。

「じゃあ今から会いに行こう。どうせ帰国を延期したことを、報告しないといけないから」

まるで馴染みの店の主人に挨拶に行くみたいな調子で、映理は困惑してしまう。

「ちょ、待って。そういうのって、なんかこう、準備が」

「近々会えるように、セッティングをしてくれと言われてたんだよ。俺はそのままの映理が好きだし、何も問題ないと思ってる」

どういうことだろう。なぜそんなに話が進んでいるのかわからない。お互いの気持ちを確認し合えたのは、ついさっきなのに。

「晃のご両親は、私のこと知ってるの？」

「結婚したい人がいるって、言っただけだ。こんなに早く紹介できるとは思ってなかったけど」

晃は本当にずっと、映理しかいないと決めていてくれたのだ。彼の言葉ひとつひとつが、大げさでもなく誇張でもなく、全てが真実なのだと思うと、映理にその愛を受ける資格があるのかと自問してしまうほどだ。

でも映理は心を決めるべきなのだろう。それほどまでに求められているのだから、答えなければならない。彼女だって、晃を深く愛しているのだから。

第五章　結婚は認められない

「失礼します」

空港からそのまま向かった先は、パレスベイ・ジャパンの役員室だった。許可を受けて中に入ると、年配の男性が腰掛けている。

晃によく似た人だった。きっと彼が父親なのだろう。

「どうして帰国しなかった？」

晃の父親は明らかに立腹していた。ＣＥＯという立場にいながら、私事で勝手に予定を変えてしまったことに怒っているのだろう。

当たり前だと思うし、緊迫した空気もうなずける。なのに晃は少しも怯むことなく、平生と変わらない調子で言った。

「私の妻になる人に、会いたいとおっしゃったのは、お父さんでしょう？」

晃の父親は映理に目を止め、少し声のトーンを落とす。

「ではそちらが」

スーツですらない普段着の映理を、先方はどう思うのだろう？　気にしつつも、急いで頭を下げる。

「安原映理と申します」

「市岡、誠です。それで子どもは」

やはり誠は映理だけでなく、洋輔のことも知っている。晃自身が誤解したまま、話をしてしまったのだろう。

「あぁ、子どもについては、私の勘違いでした」

まるで取るに足らないことみたいに晃が言い、誠のボルテージが再び上がる。

「なんだと？」

「彼女が連れていたのは、甥だったらしくて。別に問題はないでしょう？　子どもはこれから授かればいいんですから」

晃は爽やかに言うけれど、父親相手に大胆すぎはしないだろうか。映理は赤面してしまって、誠の顔が見られない。

しかし子どもを授かるという言葉に、過剰反応しているのは映理だけのようだった。

誠はただただ惑乱している。

「いやいや、子どもがいるから、結婚させてくれと言ったのはお前だろう」

「私はそんな言い方していませんよ。むしろ順序が逆にならなくて、よかったと思ってます」

以前にどのようなやり取りがあったのかはわからないが、ふたりの間で洋輔の存在が大きな物議を醸していたらしいことが推察される。

誠は晃と話していても埒《らち》が明《あ》かないと思ったのか、映理のほうを見て尋ねた。

「安原さん、失礼ですが、何をされている方なんですか？」

父親ならば気になって当然のことだ。映理は彼をガッカリさせるのではと危惧しながら、ありのままを答える。

「インテリアコーディネーターをしています。勉強のために海外留学をしていたことがあって、晃さんとはそのときに街で偶然出会ったんです」

「なるほど、そういうことですか」

海外留学と言ったことで、誠は合点がいったようだった。それ以外に、晃と映理が出会える場所などないからだろう。

「晃の立場はご存じですか？」

暗《あん》に日本では暮らせないと言いたいようだ。映理もそれは重々承知している。

「はい。仕事を辞めて、晃さんのサポートをしていきたいと思っています」

誠はしばらく考え込んでいたが、気の毒そうに言った。

「安原さんが、大きな決断をしてくださったのはわかります。ですが私としては、ふたりの結婚を認めるわけにはいきません」

「お父さん！」

晃が咎めるように呼びかけたが、ごく自然な判断だと思う。

すんなりと結婚の許可が下りるほど、晃の立場は軽くない。映理では不適任だと思われても仕方がないのだ。

「なぜです？　私の妻は、彼女しかいません」

興奮気味に抗議する晃とは対照的に、誠は至極冷静だった。

「こんな普通のお嬢さんに、ＣＥＯの妻という重責を担わせるつもりか？」

「私が支えます」

間髪容れずに晃が答え、誠は少々驚いたようだった。その一方で映理は、晃の考えを知り、胸の奥がじぃんと温かくなる。

本当なら多忙な夫を支えるのは、妻の役割だ。映理の力不足を、晃が補おうとしてくれている。

申し訳ない思いは強いけれど、晃がそれほどまでに映理を必要としてくれていることが、深く染み入るように嬉しい。

「できると思うか？　彼女を不幸にするだけだぞ」

「私は」

努力したい、せめてその機会を与えて欲しい。そう言おうとした映理を、晃が制した。

ふたりの目が合い、彼は昂然《こうぜん》とうなずく。

映理の生半ではない覚悟は、晃にちゃんと伝わっている。それがわかったから、彼女もまた真剣な瞳で首を縦に振った。

晃はそんな映理を頼もしく見つめたあと、誠に向き直った。

「私にとって、彼女と添い遂げられないほどの不幸はありません。それは彼女にとっても、同じはずです」

静かな気迫に満ちた言葉。晃はじっと誠を見据え、堂々と胸を張っている。

映理が心の底では思っていても、決して口にはできないこと。晃は全て代弁してくれた。ふたりの気持ちは、こんなにも強固に繋がっている。

晃のその言葉だけで、映理は頑張れる気がした。この先どれほどの困難が待ち受け、心折れそうな瞬間があったとしても。

「すごい自信、だな」

「私は彼女との子どもしか、欲しくないんですよ。もしお父さんが、結婚を許してくださらなければ、決して子どもを持つことはないでしょうね」

なんでもないように晃は言ったけれど、かなりの爆弾発言だった。パレスベイのCEOともあろう者が、生涯独身を宣言したのだから。

晃の決意は、映理への愛そのもの。ふたりの前途が多難だからこそ、彼は強い言葉を使っているのだ。

両親の説得を諦めたのでは、なんて思い違いも甚《はなは》だしい。晃には揺るぎない信念があるから、悲観する必要がなかったのだ。

映理との結婚は、晃の中でもう決まっている。

「お父さんはいつも、おっしゃっているでしょう？　一生をかけた大事な仕事は、自分を超える人間を育てることだ、と」

「それとこれと、なんの関係が」

「私は我が子をそんな風に育てたいんですよ。お父さんのようにね」

晃が笑いかけると、誠は言葉に詰まってしまう。父親へのリスペクトが、そのまま攻撃にもなっているからだろう。

誠は苦虫を噛み潰したような顔をして、晃を睨んでいる。

「私が、お前からその機会を奪おうとしている、と？」

「まさか。私はただ、彼女と結婚したいだけです」

晃の気持ちが変わらないことを、誠は悟ったらしかった。

それでも簡単に認められることではないのだろう。随分と長い沈黙の末、まだ結論は出ない様子で、絞り出すようにつぶやく。

「……少し、考えさせてくれ」

「構いませんが、できたら早めの決断をお願いします。早く私たちの子どもに会いたいですからね」

意味深な目配せをされて、映理はボンッと頬を染めた。

晃は本当に、ふたりの子どもを熱望してくれている。彼に限って既成事実を作ってでも、なんてことにはならないと思うが、誠には必ず認めてもらうという強い決心が感じられたのだった。


役員室を出たところで、晃が映理の肩に手を回した。いつもそうしているかのように肩を抱かれ、恋人になれたんだと実感する。

まだ難題は山積みだけれど、晃とふたりならきっと大丈夫だ。

「夕食はまだだろ？　一緒にどう？」

「いいの？」

「どうせ俺も食べるつもりだから。今後の話もしたいし」

これから考えないといけないことは、たくさんある。晃とともに歩むためには、今までと同じじゃいられないのだ。

「私も話したい。ゆっくりできるお店、知ってる？」

「ここのレストランでもいいけど、今は混んでる時間帯だから。ルームサービスでもとろうか。帰国も延期になって、泊まる部屋もいるしな」

晃の予定を狂わせてしまったのは映理だ。彼は何も言わないけれど、今回の皺寄せは必ずどこかにいくだろう。

「ごめんなさい。私のせいで」

「またそんな顔する」

肩に回された晃の右手が、映理の後頭部をポンポンとなでる。

「俺はこうして、映理が側にいてくれるだけでいいんだ。ほら、笑って」

晃が自分の頬を左手で押し上げ、笑顔を作った。わざとらしい表情に、映理はクスッと噴き出してしまう。

「それでいい。映理は笑ってるときが一番可愛いから」

思ったことをそのまま、ストレートに言っているのだとわかるから、尚更照れてしまう。大好きな人に可愛いと言われて、嬉しくない人なんていないのだ。

晃は映理の笑顔に満足すると、秘書に電話を掛けた。ひと部屋用意するように頼み、彼女を連れてエレベーターホールに向かう。

「さっき話も聞かずに飛び出したから、秘書さんと顔を合わせづらいな」

「ははは、向こうは何も気にしてないって。機械みたいに正確で優秀な人だから」

客室フロアに到着すると、秘書が晃を待っていた。ルームキーを渡し、映理にも一礼して去っていく。

晃の言うとおり、秘書の表情からは何も読み取れなかった。映理に恥をかかせまいという配慮なのかもしれない。

「さてと、行こうか」

晃が映理の手を取り、歩き始める。静かな場所を希望したのは彼女だけれど、改めて考えればホテルの一室でふたりきり。

急に緊張感が増してしまうが、意識しすぎだと心を落ち着かせる。晃は食事しながら、ふたりでゆったり話せるベストな場所を用意してくれただけなのだ。

「この部屋、か」

晃がカードキーをかざすと、ロックが外れる音がした。部屋に足を踏み入れると、映理は彼の手を解いてその場に立ちすくんでしまう。

「こんな、広い……」

目の前に広がっていたのは、宝石をちりばめたような美しい夜景。普通は部屋に入ったらベッドが並んでいるものだけれど、ここはただのロビーなのだ。

左右に幾つも部屋が続いており、映理の知る一般的なホテルの客室が、五つくらい入ってしまいそうな広さがある。

洒落たソファや椅子が並ぶリビングルームがあれば、ダイニングテーブルもある。キッチンと冷蔵庫まであり、滞在するというより住むといったほうがしっくりくるくらいだ。

「映理は何を食べる？　和洋中なんでもあるけど、人気はビーフカレーかな」

あまりの豪華さに衝撃を受ける映理とは違い、晃は慣れた様子でメニューを開いている。この世界が彼の日常なのだと思うと、なんだか気後れしてしまう。

「あ、えと、できたら和食がいい、かな。消化によさそうな感じの」

お腹は空いているはずだけれど、胸が一杯であまりガッツリしたものは食べられそうにない。

「だったら、親子丼は?」

「うん、それにする」

「じゃあ俺も和食……、ひつまぶしにするか」

電話で注文を済ませ、晃は優しい眼差しで映理を見つめる。彼女はその視線を受け止めつつ、彼の隣にそっと腰掛けた。

「晃は、いつもこんな部屋に滞在してるの?」

「まさか。映理がいるから、秘書が気を利かせただけだよ」

晃が笑ったので、映理は少し安心した。彼女の価値観や常識が通用しないところに、彼がいるのではと怖くなってしまったからだ。

「映理は何も心配しなくていい。俺が守るから」

「嬉しいけど、晃のために、何もできないのって寂しいな」

映理が全て晃任せにしてしまっても、不都合などないのかもしれないけれど、これは彼女自身の気持ちの問題だった。

「側にいてくれるだけで、映理はこれ以上ないくらい俺を幸せにしてくれてるよ」

晃が映理の頬に触れ、少しずつ距離を詰めてくる。唇が重なり合う直前に、彼女は口を開いた。

「私が晃の奥さんとして、相応しい人になりたいの。結婚するなら、晃のご両親にもちゃんと認めて欲しいから」

額に軽くキスされたかと思うと、ぎゅっとハグをされた。晃はゆっくり身体を離し、穏やかな顔で映理の手を握る。

「ありがとう。映理のそういうとこ、俺はすごく好きだよ」

晃は微笑んでいたけれど、すぐに映理から目をそらし、残念そうにつぶやく。

「でも、簡単じゃないとは思う。父は現場叩き上げから経営幹部になった人でね、創業家の娘である母と結婚したんだ」

「創業家、ってことは……」

「うん、俺はダブルなんだ。アジア系のＤＮＡが濃く出たせいか、気づかれることは少ないけど」

「そう、だったんだ」

驚いたけれど、意外ではなかった。日本人にしては彫りが深く、体格もよいと思っていたからだ。

「母は多分反対しない。ただ父は映理がするはずの苦労を、大方予想できてるんだと思う。並大抵の努力じゃないから、映理の覚悟が知りたいんだろう」

誠も一般家庭の出身だったのか。

立場や家柄のことをあまり言わなかったので、不思議ではあったのだが、純粋に映理の将来を配慮しての反対だったのだ。

晃の父親らしく、心優しい人なのだろう。

「映理のフォローは俺がするし、父に心配はかけない。ただ、わかってもらおうとすると時間はかかる」

人の心を変えるのは難しい。晃の危惧はもっともだ。

「……待てない？」

「待ちたいけど、早く映理との子どもが欲しいんだ。洋輔君に会って、その想いが強くなってる」

ビジネス的な理由かと思っていたから、意外な答えにびっくりしてしまう。洋輔がそんなにも晃に心境の変化をもたらしていたなんて。

「あの、えっと、私も気持ちは同じ、だよ？」

子作りに積極的なようで恥ずかしくなるけれど、晃に誤解されたくはないのだ。映理だって洋輔の世話を通じて、子どもを持ちたいと思ったし、早く結婚して母を安心させたい気持ちもある。

「本当に？」

晃が聞き返したのは、映理が無理をしていると思っているからだろうか。彼女は彼の懸念を払拭するように、大きく首を縦に振った。

「私も晃の子どもが欲しいから」

まるで自分から誘っているみたいで、ものすごく恥ずかしい。頬に触れて熱を確認する映理を、晃は可笑しそうに眺めている。

「じゃあいろいろ同時進行しよう」

「同時、進行？」

「映理にも仕事があるし、今すぐ俺と日本を離れるなんてできないだろ？」

晃はちゃんと、映理の職場や状況、気持ちを考えてくれている。彼女には担当しているお客様がいるし、最後まで責任を持って仕事をしたいのだ。

「俺も明日ここを発ったら、しばらくは戻れない」

今日はめまぐるしい一日で、いろんなことが突如として変わるのかと思っていたけれど、そんなことはない。事が大きければ大きいほど、針路を変更するのも容易ではないのだ。

ふたりの気持ちが寄り添っていても、一時的に距離が離れてしまうのはどうしようもないこと。これまでそれぞれの生活を送ってきたのだから、いきなり急な展開になるはずもない。

「そう、だよね。すぐに晃と暮らせるわけじゃないんだし、仕事や身の回りの整理が先、かな」

「あぁ。俺も向こうの業務をある程度引き継いで、しばらくは日本にいられるように環境を整えてくる」

企業のトップが一定期間職務を離れるとなると、周囲の負担は計り知れない。映理が退職するのと、影響が段違いだ。

「大丈夫なの？」

「大丈夫にする。数ヶ月はかかると思うけど、映理のほうもそのくらいはかかるんじゃないか？」

「うん。今担当してるお家が竣工するまでってなったら、三ヶ月か四ヶ月は必要だと思う」

「だったら、ちょうどいい。ひとまず目の前の仕事に集中しよう」

映理が心配する必要なんて、最初からなかったのかもしれない。誠の前でこそ、晃は大胆な言葉を使っていたけれど、順を追って進めてくれるつもりだったのだ。

「重要なのはそのあと、か。父に認めてもらうってなると、正直どうしたらいいのかわからない」

やるべきことが決まっているなら、ただ頑張るだけでいい。でもこればかりは、何が正解かわからないのだ。

「晃は、CEOの妻には何が必要だと思う?」

「そうだな……。夫婦同伴でパーティーに出席することもあるから、多少の語学力と教養かな。あとは立ち居振る舞いが綺麗だと、なおいい」

映理が憂慮したからか、晃は明るく付け加えた。

「俺は今の映理で、十分だと思ってる。父に確かめたいことがあるとしたら、多分映理の人柄なんじゃないかな。目的のために努め励める人かどうか、そこを知りたいんだと思う」

人となりを示す。簡単なようで難しい。

映理は少し考えてから、思い切って晃に頼んでみる。

「パレスベイ・ジャパンで、研修させてもらえないかな? 私ホテル業のことよく知らないから、勉強にもなるでしょ?」

映理の発言が予想外だったのか、晃は見たことないほど大きく目を開いた。

「それは、全然構わないが」

「もちろん、今の仕事を辞めたあとにはなるけど。どっちも中途半端にはしたくないし」

晃が迷う素振りを見せているのは、映理に負担を掛けたくないためだろう。彼の気持ちは嬉しいが、用意された椅子にただ座るのは納得できない。

「映理は、いいのか？　大変だと思うよ」

「見当違いの努力かもしれないけど、夫になる人の仕事がどんなものか知っておきたいから」

映理の決意が固いことを悟ってか、晃は深くうなずいて見せた。

「わかった。秘書と相談しておく」

「ありがとう」

何もしないで認められたいだなんて、虫がよすぎる。どういう研修をさせてもらえるかは未知数だけれど、映理にとって全くの無駄にはならないはずだ。

「お礼を言うのは俺のほうだ」

晃が映理の手を取り、彼の頬に触れさせる。彼女の手に手が重ねられ、彼は感じ入ったようにこちらを見つめる。

「やっぱり俺の目は正しかった」

清く澄んだ声が映理の中まで染み渡り、恥ずかしさのあまり、晃の頬から手を引いてしまう。

「まだ、どうなるかわからないよ？」

晃の瞼が緩やかに開き、熱を帯びた瞳が映理を射貫《いぬ》いた。捉えられた彼女は、微動だにできない。近づく彼のなすがまま、頭を大きな手で包まれる。

「結果よりも、映理の気持ちが嬉しいんだ」

至近距離で見る晃は、本当に美しい。長い睫毛も、綺麗な鼻梁《びりょう》も、全てが完璧に整っている。そんな彼の濡れた瞳が、今は映理だけを見ているのだ。

甘く愛おしい、愛情溢れる眼差し。求められている気がして、映理は密やかに目を閉じた。

ふたりの唇が重なる。柔らかい感触が過去を呼び起こす間もなく、早急に舌先が侵入して映理の舌を搦《から》め捕《と》った。

「待っ、ぁ」

触れるだけの優しいキスだと思ったのに、息ができないほど激しい。こんな風に情熱的なキスはあの夜以来、いや、あの夜以上だった。晃はこれほどまでに熱烈な感情熱くて柔らかい晃の舌が、映理を芯から蕩かせ、何も考えられなくなってしまう。

記憶の中のキスよりもずっと刺激的で、全身が溶けてしまいそうだ。

を胸に秘めていたのだろうか。

……

「んっ、ゃ……」

「そんな声出されたら、止まらなくなる」

口づけがさらに過激に、甘くなるところで、部屋のチャイムが鳴った。夕食が運ばれてきたのだ。

「いいところだったのに」

晃は残念そうだったけれど、映理は内心ホッとしていた。あんなキスが続いたら、どうにかなってしまう。

映理は晃の腕から逃れ、心臓を休ませるように深呼吸した。急いでロビーに向かい、扉を開ける。

「お待たせしました。お食事のご用意をさせていただいてよろしいですか？」

「はい、ありがとうございます」

女性スタッフがワゴンを押して室内に入り、手際よくダイニングテーブルにセッティングを始めた。白いテーブルクロスがかけられ、見ている間に夕食の支度ができあがっていく。

「お済みになりましたら、ご連絡ください」

ものの数分で仕事を終え、スタッフは部屋を辞した。身のこなしがスマートで、きちんと訓練を受けているのだろうと感心する。

「ルームサービスが珍しい？」

映理がずっと注視していたせいか、晃が尋ねた。彼女は見事に準備された食事のほうを向いたまま答える。

「スタッフの方が、テキパキされてて格好いいなって」

「それこそが、パレスベイのブランドを形作ってるんだよ」

意味がよく理解できず、映理は振り返った。晃の真摯な表情を見つめ、彼の言わんとすることに耳を傾ける。

「何万人というスタッフの中でお客様の印象に残り、あのホテルマンと言われる人を育てていく。究極的には、それが俺の使命なんだと思ってる」

世の中には数多くのホテルがあるけれど、パレスベイはたったひとつ。

パレスベイだからこそ泊まりたい、と思ってもらえる価値を提供する。そのために晃は日々奮闘しているのだ。

「すごくスケールが大きい話だね。……私なんかが研修を受けたいだなんて、かえって迷惑だったんじゃない？」

「そんなことないよ」

晃がすかさず否定し、映理を強く抱きしめる。

「映理が俺の仕事を理解しようとしてくれてるだけで、すごく嬉しい」

ふたりの身体がぴったりと密着し、さっきの接吻が再び始まってしまいそうな勢いだ。映理は恥ずかしくなって、急いで提案する。

「ぁ、その、冷める前に食べない？」

晃は少し残念そうだったけれど、映理を解放してくれる。ふたりはダイニングテーブルに、向かい合わせで腰掛けた。

映理の前には、丼と味噌汁の器。それに香の物が添えられている。

「いただきます」

手を合わせてから、映理は丼の蓋を開けた。湯気とともに、芳醇な出汁《だし》の香りが立ち上る。

中央には光沢のある美しい卵黄、周囲には三つ葉があしらわれ、とろとろの卵が食欲をそそる。ほんのり焼き色がついた鶏肉を口に運ぶと、炭の匂いがたまらなく香ばしい。

「美味しい……。老舗の親子丼みたい」

「喜んでもらえて嬉しいよ。うちはルームサービスに力を入れてるから」

晃のひつまぶしも、名店のものと遜色ない。肉厚のふっくらした鰻が、おひつにぎっしりと贅沢に盛られている。

レストランに行かなくても、部屋でこれだけ満足のいく食事ができる。素晴らしいサービスだと思うし、これもまたさっき晃が言った『ブランド』なのだろう。

映理は特別な人を、夫にしようとしている。

わかっていたつもりだったけれど、晃の背負うものの大きさを知るとまだまだ認識が甘かったのだと気づいてしまう。こうして一緒に食事をしていることが、本当なら奇跡なのだ。

晃が誠に「私が支えます」と言った意味が、今ならわかる。晃を支えるには、やはり映理では力不足だ。少なくともビジネスにおいては。

映理にできることがあるとしたら、ふたりの子どもを授かって安らげる家庭を作ること、なのかもしれない。

想像してしまうと恥ずかしくなって、映理は慌てて箸を動かす。もたもた食事をしていたら、泊まっていけばと言われてしまいそうだ。

「そんなに急いで食べなくても」

「遅くなるといけないし」

「家まで送るから、気にしなくていい。なんなら」

「いいの、今日は帰るから」

まだ晃が何も言わないうちから返事をしたので、彼はクスクスと笑い出す。そわついていることを自覚して、映理は真っ赤になってしまう。

「えっと、その」

「映理が泊まったからって何もしないよ。寝室だってふた部屋あるだろ」

「そう、なの？」

勝手に警戒して、いらぬ妄想をして。どこかに身を隠してしまいたいほど恥ずかしい。

「これから数ヶ月は忙しくなるんだし、万が一でも映理に負担はかけられない」

晃が映理のことを第一に考えてくれているのがわかる。ありがたくて胸が一杯になるけれど、彼は照れた様子でボソッと付け加えた。

「あと、今夜抱いたら、映理を離したくなくなるから」

もしかしたら、そっちが本音なのだろうか。晃が必死で自分を律しているのかと思うと、きゅんと胸が痺れる。

「さっきみたいな、キスはいいの？」

ちょっと意地悪な質問だっただろうか。晃は苦悶の表情を浮かべ、苦しそうにつぶやく。

「……よくないけど、我慢できなかった」

子どもみたいな答えが、めちゃくちゃ可愛い。拗ねたような素振りで顔を背《そむ》けるから、余計に焦がれてしまう。

ふたりの間にテーブルがなければ、衝動的に抱きついてしまっていただろう。

かつてないほど気分が高揚し、抑えるのが難しいくらいだった。一年半越しの想いが溢れ、普段なら絶対に言わないような言葉が口を衝いて出る。

「その、私も我慢、してるから」

晃の表情がにわかに明るくなり、蕩ける笑顔へと変化する。頬を染めた映理を見つめ、彼は甘えた声でささやいた。

「それは、OKってこと？」

ドキドキするような誘惑に、映理は必死で首を左右に振った。

「一緒に我慢したくて、打ち明けたのに」

映理は晃を窘めるが、彼はそんな彼女も愛おしいみたいだ。嬉々《きき》として、わざと困らせるようなことを言う。

「じゃあ何を我慢してるか教えてよ。キス？　もっと先のこと？」

「言えるわけない、でしょ？」

恥ずかしさが頂点に達し、映理は小声になってしまう。晃は楽しくてたまらない様子で、彼女に答えを促した。

「頼むよ。映理の本音が知りたいんだ」

羞恥心のあまり瞳を揺らしながら、映理はできるだけ正直な言葉を選ぶ。

「こんなに豪華な部屋で、大好きな人が側にいたら、触れたくなる、よ」

言いながら晃の顔がまともに見られない。本当の気持ちを伝えたいという一心で、映理は照れくささに耐えていた。

「次は抱くから」

顔を上げると、晃は真顔だった。あまりにもそのものズバリの発言で、映理は声が出ない。

「今度会ったときは、映理を寝かさない。わかった？」

こんな真剣に言うことではない気がするが、晃は大真面目だ。映理は勢いに押されて、首を縦に振ってしまう。

「……わかった」

「じゃあ約束」

晃が小指を差し出してきた。指切りなんて、いつ以来だろう。

子どもっぽい約束の仕方と、約束の内容がちぐはぐで、映理は胸が熱くざわめくのを感じていた。

第六章　お腹にも誓いのキスを

「明日、晃さんが帰ってくるんでしょ？」

久美が生まれたばかりの赤ちゃん、陽菜《ひな》を抱きながら言った。待望の女の子で久美は嬉しそうだけれど、まだまだ洋輔も世話が掛かるので大変そうだ。

映理はというと惜しまれながら退職し、今は晃が用意してくれたタワーマンションの一室に引っ越していた。彼がこちらに来るには時間が掛かっていて、彼女は広い部屋でひとり暮らしをしている。

その寂しさもあって、最近はこうして実家によく遊びに来ていた。

「うん。ようやく、ね。多分一年くらいはいられるんじゃないかな」

「映理も難しい人を好きになったものねぇ」

母が頬杖をつき、深くため息をついた。映理の結婚を望んでくれていたはずだが、相手が大企業のＣＥＯというのは不安なのだろう。

晃の父親にはあれ以来会っておらず、映理はまだ彼の母親の顔も知らない。こんな状態では、母が心配するのも無理からぬことだ。

「大丈夫よ、お母さん。晃さんは本当に私を大事にしてくれてるし。ご両親だって、きっと私のことを認めてくれると思うから」

母を安心させたくてというより、自分を鼓舞するために映理は言った。彼女自身、懸念を払拭できてはいないのだ。

「そうだと、いいんだけど」

「お母さんってば、気にしすぎ。映理がパレスベイのCEOに見初《みそ》められたんだから、もっと喜べばいいのに」

久美はいつもの楽観主義で、あっけらかんと言った。彼女のそういう明るさは、場の空気を軽くしてくれる。

「そりゃまぁ、嬉しいのは嬉しいわよ」

「私も嬉しい。結婚式はさぞ豪華でしょうね。海外ウエディングになるかもしれないし、とっても楽しみだわ」

具体的な話はまだなのに、久美は気が早い。でも彼女がポジティブでいてくれることが、映理にはすごく心強いのだ。

「もしそうなったら、お姉ちゃん観光するつもりでしょ？」

映理がちょっと笑いながら言うと、久美は力強く答える。

「当ったり前じゃない。海外なんて新婚旅行以来だもん。お母さんだって楽しみでしょう?」

「そうね。いい機会だから、いろんなところを見て回りたいわ」

母がようやく笑ってくれて、映理はホッとする。こういうとき、やっぱり久美は頼りになる。

「晃さんがこちらに来れば、少し話も進むと思うの。今すぐってわけにはいかないけど、結婚式もそんなに先じゃないはずよ」

そのためにふたりはこの数ヶ月、それぞれの仕事を頑張ってきたのだ。映理の言葉に母がうなずき、肩をポンポンと叩いてくれる。

「晃さんと仲良くね。何かあったら相談してちょうだい」

「うん、ありがとう」

久美がいてくれれば、母が悲観的になることもないだろう。これから腹を据えて掛からねばならないのは映理のほうだ。

晃との同棲生活、パレスベイ・ジャパンでの研修、そして晃の両親から結婚を認められること——。

もちろん楽しみな部分はあるけれど、たやすく事が進むとは思えない。母や久美に気苦労をかけずに済むよう、弱音を吐かずに頑張ろうと映理は心に誓うのだった。

＊

晃から日本に着いたとメールがあった。もうすぐ彼に会える。

映理は逸る気持ちを抑えながら、もう何度目かわからない、部屋のチェックを始めた。リビング、寝室、トイレやお風呂も、掃除は行き届いている。

頻繁にビデオ通話はしているけれど、間近で晃を見て触れるのは数ヶ月ぶり。気持ちも昂ぶっているし、なんだか身体も火照《ほて》っている気がする。

次は抱くから――。

電話口で晃が約束の話をしたことはないけれど、彼が忘れているとは思えない。映理だって、ずっとその言葉を胸に秘めていたのだ。

初めてではないのに、初めてのように緊張している。期間があきすぎてしまったこともあり、晃の身体を見るのさえ恥ずかしい。

そのくせ期待してしまう自分がいて、映理は部屋の中で立ったり座ったりウロウロしながら、晃の帰宅を待ちわびているのだった。

部屋のチャイムが鳴った。映理は急いで玄関に向かい、扉を開ける。

「ただいま」

スーツ姿の晃が立っていた。長旅の疲れか、少しくたびれた様子だったけれど、映理に満面の笑顔を向けてくれる。

「おかえり、なさい」

いろいろと話したいことがあったはずなのに、いざ晃を目の前にすると何も言葉が出てこない。彼も同じなのか、無言のまま部屋に上がる。

「シャワー浴びる?」

「あぁ、そうだな」

緊迫した空気をお互いに感じ取っている。晃がトランクを部屋に運び、浴室に消えると映理はホッとしてしまったくらいだ。

これからふたり暮らしになるのに、こんな風でいいのだろうか。まさか帰宅してすぐ求められるとは思っていなかったけれど、最後にホテルで会ったときの甘い雰囲気はなくて、どこか残念な気持ちになる。

「もしかして、忘れちゃったのかな……」

映理は自分の小指を眺め、静かに独りごちた。

来日が予定より遅くなったということは、それだけ忙しかったということ。映理のことばかり考えていられるほど、晃はきっと暇じゃない。

晃がこちらに来れば、ずっと一緒にいられるなんて、映理の認識が甘かったのだろう。仕方ないことだけれど、寂しい時間のほうが長いのは少し心許ない。

「ふぅ、サッパリした」

バスローブ姿の晃が、浴室から出てきた。濡れた髪をタオルで拭く仕草や、はだけた胸元が色っぽくて、映理は彼を直視できない。

「お疲れ様。ミネラルウォーターが冷蔵庫に入ってるよ」

「ありがとう」

晃はペットボトルを取り出し、ゴクゴクと喉を鳴らしながら水を飲んだ。

「っぷはぁ。うまい」

シャワーを浴びてスッキリしたのか、晃の表情が朗らかになっている。彼は映理の座るソファの隣に腰掛けて、彼女の顔をのぞき込んだ。

「帰ってきたら家の中が整頓されてて、映理が迎えてくれるなんて、夢を見てるみたいだ」

「私のほうこそ、晃が帰ってきてくれて嬉しい」

ここはひとりじゃ広すぎる。前に暮らしていたアパートが恋しくなるほどだ。

大浴場やプール、バーラウンジなど、充実した共用施設がいくら魅力的でも、映理だけではどうしても楽しめない。

「ちょっぴり心細かったの。この素敵な部屋を、持て余している気がして」

「時間が掛かって、ごめん」

晃がローテーブルにペットボトルを置き、うつむいたまま続ける。

「思っていたより手間取ってしまって。こっちにいられるのも、半年くらいになりそうだ」

「そう……」

生活も仕事も、晃にとっては向こうが拠点。わかっていたことだけれど、母や久美と離れるのはやはり寂しい。

「映理に負担を掛けて、申し訳ないと思ってる」

眉尻を下げた晃が、映理を見つめる。彼女が後悔していないか、気遣うような表情だ。

「謝らないで。私が決めたことなんだから」

映理は晃の手を取り、ぎゅっと握りしめる。彼は彼女の手をさらに強く、握り返してくれた。

「絶対、幸せにする」

晃が映理の手を恭《うやうや》しく持ち上げ、唇を手の甲に押しつけた。王子様がお姫様にするみたいなキスが、彼女の胸を高鳴らせる。

先々の不安よりも、今は晃がここにいてくれることを喜ぼう。ずっと映理が待ちわびていた瞬間なのだから。

「映理」

晃が甘く呼びかけ、映理の小指に小指を絡ませた。

「約束……、覚えてる？」

ドクンと心臓が一際強く打った。

忘れているわけがない。ついさっきも思い出していた。

「覚えてる、よ」

映理は消え入りそうな声で答えたものの、晃のほうを向けない。彼の顔が近づいてくる気配がして、彼女の耳に熱い吐息がかかった。

「よかった」

喜びとも戸惑いともつかぬ声音だった。映理が不思議に思って晃を見ると、彼は真っ赤な顔をしている。

「どうしてそんな顔、するの？」

「覚えててくれて嬉しいけど、がっついてるみたいで格好悪いなって」

晃がすごく照れているのがわかり、映理もまた恥ずかしくなる。まさにあの夜のふたりのようだ。

「晃が言い出したんだよ？」

映理がふふっと笑うと、晃はバツが悪そうに言った。

「あのときは、嬉しくてつい。映理が俺に触れたいって言ってくれたから」

離れている間も気持ちを口にしてきたつもりだったけれど、晃にはまだちゃんと伝わってはいないのだろうか。映理はゆっくりと息を吐き、勇気を出して言葉にする。

「今もそう、思ってるよ」

言ってしまった。これでは自分から誘っているみたいだ。

映理は恥辱のあまり晃の小指を振り解き、両手で顔を覆った。彼の手が彼女の頭をなで、優しく尋ねる。

「……映理も、待ってた？」

ためらいながらうなずくと、晃に両手をとられ、あらわになった頬に軽く口づけをされる。昼の触れ方があまりに柔らかくて、彼女の身体が密やかに疼《うず》いた。

「言ってくれたらいいのに」

「そんなこと」

「言ってくれなきゃ、わからない」

映理の肩を抱き寄せ、晃は彼女のつむじにキスをして続ける。

「俺の欲望を一方的にぶつけてる気がして、怖かったんだ」

予想外の言葉だった。晃は経験豊富で、映理を巧みにリードし続けてくれていると感じていたから。

「そんな風に思ってたの？」

「あの夜の俺、全然余裕なくて。映理が初めてだってわかってたのに、自分のことしか考えられなかった」

お酒の力を借りないと、先へは進めなかったふたり。確かにスマートではなかったかもしれないけれど、映理は晃が自分本位だなんて思わなかった。

「晃は、優しかった、よ？」

他の人を知らないから比べようもないが、晃が映理を大事にしてくれているのは、しっかりと伝わってきた。

「そう言ってくれると、気持ちが楽になる」

安堵する晃を見ていると、本当に悩んでいたのだとわかる。彼を取り巻く女性は幾人もいただろうに、彼は映理のためだけに胸を痛めてくれていたのだ。

「なんか、びっくりしちゃった。晃はそういうことに、慣れてると思ってたから」

「昔も言ったろ？　映理は特別なんだ」

晃は映理の首筋に顔を近づけ、啄《ついば》むようにキスを始めた。肌が甘く吸い上げられ、蕩けるような感覚が身体中を走る。

「ぁ、ちょ」

「映理の匂いがする」

鎖骨に舌先の感触がして、映理は思わず首をすくめた。まだベッドにも行かないうちから、刺激が強すぎる。

「あの、今すぐじゃないと、ダメ？」

「待ってたんだろ？」

確かに首を縦に振りはしたけれど、いざ強烈に求められると、晃の迸る情熱に腰が引けてしまう。

「――ん……っ、あ」

唇がキスで塞がれ、頭の中が痺れる。口づけは何度もしているのに、一向に慣れる気配はない。

「映理の感じてる声、たまらない」

「感じてな、ぅん……っ」

否定したいのに、映理の声は甘く濡れるばかりだ。晃はそんな彼女の反応を楽しむように、淫らなキスを貪《むさぼ》る。

「もう我慢しなくていいだろ？」

尋ねるというよりは、念押しという感じの言い方だった。映理の答えを待たず、晃は彼女を抱き上げる。

「どこに、行くの？」

「わかってるくせに」

晃は映理を軽々とベッドまで運び、そっとシーツに横たえた。しなやかな指先で彼女の髪を掻き上げ、額に唇を触れさせる。

「約束どおり、寝かさない」

返事のしようもない断言するみたいな言い方。映理が戸惑って顔を背けると、晃が頤《おとがい》を柔らかく掴んだ。

「映理の顔、ちゃんと見せて。前は無我夢中だったから、今日は映理の表情も仕草も全部味わいたい」

「そんな、恥ずかしい……」

照れるあまり視線をそらすと、晃が映理の上に覆いかぶさった。彼の瞳は熱を帯びて色っぽく、彼女を捉えて離さない。

「本当に可愛いな、映理は」

晃が服の上から胸元の膨らみに触れた。優しく手を添わせ、ソフトな感触を確かめているみたいだ。

「ゃ、っ」

肌が触れ合っているわけでもないのに、身体が淫らにわななく。ほのかに伝わる指先の熱や動きが、映理の感覚を甘やかに刺激するのだ。

「まだ何もしてないよ」

晃はクスクス笑うと、すぐに切なく眉を寄せた。込み上げる欲望を持て余しているのか、蕩けてねだるような声を出す。

「激しくても、いい？」

映理はふるふると首を左右に振った。

「久しぶりだし、ゆっくり」

「俺もそう思ってたけど、ごめん、無理かもしれない」

興奮を抑えられない様子で、晃が映理に顔を近づけてきた。ふたりの唇が重なった途端、彼は荒々しく彼女を抱きしめる。

「もう離さない――」

晃の過激なまでの愛情が伝わってきて、映理もまた彼の首に腕を回していた。言葉より先に身体が動いてしまうほど、彼女も彼を求めていたのだ。

＊

失われた時間を取り戻すような、甘くしとどに濡れ尽くした夜だった。

熱に浮かされ、翻弄され、映理の記憶が全部現実だったのかわからない。気がついたら、カーテンの隙間から朝日が差し込んでいた。

「おはよう」

トレーにオレンジジュースや、クロワッサンを載せて、晃が寝室に入ってきた。彼に朝食の支度をさせてしまうなんて。

「ごめんなさい、私」

寝過ごしたことを恥じて、映理は慌ててベッドから降りようとするが、晃はそれを押しとどめる。

「寝てていいよ。今日は休みだから」

晃はトレーをサイドテーブルに置き、ベッドに腰掛けて映理の頬にキスをした。気怠い身体が、彼の柔らかい唇にびくんと反応する。

「疲れただろ？」

「うん」

朦朧《もうろう》とした意識の中で、晃にひと晩中求められた、気がする。彼は欲に侵されたみたいに、宣言どおり映理を寝かせてはくれなかったのだ。

「映理は、覚えてる？」

「何を？」

「俺に縋りついて、潤んだ目で何回も晃って呼んだこと」

映理は真っ赤になって、顔を背けた。昨夜自分がどうだったかなんて、全然覚えていないのだ。

「私、知らない」

「俺の理性をガタガタに崩すから。抱いても抱いても、抱き足りなくて、映理を離せなかった」

晃は微笑みながら、映理の耳たぶに唇を寄せて言った。

昨日の出来事に比べたら、可愛らしいスキンシップに過ぎないのに、映理はものすごく恥ずかしくなってしまう。

「そういうこと、言葉にしないで」

顔を背けると、晃は映理の頬に触れて、彼のほうに向けさせる。

「映理はどうだった？」

ふたりの身体が溶け合って、映理という自己の感覚が曖昧だった。痺れるほどの愉悦が彼女を満たし、晃の愛が全身に刻み込まれたのを感じている。

でもそれを口にするなんて、とてもできない。

「……答えなきゃ、ダメ？」

上目遣いで映理が尋ねると、晃は不敵に笑って言った。

「じゃあ身体に聞くよ」

「ちょ……んッ……」

晃に唇を奪われ、甘く蕩けるような時間が蘇ってくる。身体の力が抜けてしまい、映理は彼にしがみついたまま懇願する。

「お願い――、ゃめ……っ、ぁき、ら」

晃が映理の肩を掴んで、そっと引き離した。彼は困惑とも欲情ともつかぬ笑みを浮かべ、切なくささやく。

「ほら、その顔。めちゃくちゃそそられる」

映理は自分の頬に手を当てるが、どんな顔をしてるかなんてわからない。晃は戸惑う彼女の髪を弄《もてあそ》びながら、切実な調子で言った。

「俺、映理に溺《おぼ》れて、これから仕事にならなそう」

驚いて目をパチパチさせた映理を見て、晃が可笑しそうに噴き出す。

「冗談だよ。結婚を認めてもらうんだから、今まで以上に結果を出すつもりだ」

晃はそのために帰ってきたのだ。映理もまた今の幸福にうつつを抜かすことなく、気合いを入れ直さなければならない。

「私にも、手伝わせて」

「うん。秘書には明日から、研修に入れるよう頼んである」

手配はもう済んでいるらしい。どういった内容かはわからないが、晃に近づけると信じて頑張るだけだ。

「ありがとう」

「無理はしなくていいから」

「わかってる」

きっと晃は映理の隣にいてくれるために、無理をしてきたはずだ。おくびにも出さないのは、彼の優しさだと思うけれど、映理はそれに甘えるばかりではいけない。

晃の妻になるのだから、その資格は自分で勝ち取りたいのだ。

＊

翌朝、映理は晃とともにパレスベイ・ジャパンに出社した。

晃は執務室に向かい、映理は彼の秘書に預けられる。彼女のために制服も用意されており、身が引きしまる思いだった。

「それではこちらへ」

着替えを済ませた映理を、秘書が研修場所へ案内してくれる。相変わらず彼女は美しく、女の映理でさえ見惚れてしまうほど。

容姿もそうだが、声の出し方、足や手の動かし方、姿勢などなど、見習うことが多く、研修を通して映理もその所作を身につけられたらと思う。

「映理様」

小さめの会議室に到着し、向かい合って座ったところで、秘書がおもむろに口を開いた。映理は緊張した面持ちで返事をする。

「は、はい」

「実はこちらで研修内容をご用意していたのですが、相談役のほうから提案がございまして」

「相談役、というのは」

「CEOのお父上です」

それは、つまり、試されるということ？

誠は映理を、直々にテストするつもりなのだろうか。

そもそも晃の両親に認められたいと言い出したのは映理で、先方がその機会を与えてくれるというなら願ってもないこと。ありがたいのはありがたいが、突然のことに怖じ気づき、彼女は肌が粟立つのを感じた。

「あの、どういった、内容なんですか？」

「映理様にとっては、むしろ対応しやすいと思われます」

秘書は映理を安心させるためか、ニコッと笑って続ける。

「以前はインテリアコーディネーターとして、お客様のご希望を聞き、レイアウトの提案をされていたんですよね？」

「はい、そうです」

どうも話が見えない。

誠の研修と映理の経歴に、一体なんの関係があるのだろう。

「実はパレスベイ・ジャパンには、長期滞在プランというものがございます。年間契約されたお客様は、二十四時間ホテルスタッフのサポートを受けることができるのです」

パレスベイ・ジャパンの客室を、ひと部屋貸し切る——。

いくらかかるのか想像もつかない。きっと利用できるのは、とんでもない富豪だろう。

「お客様は館内施設を自由にお使いいただけるのですが、このたび新サービスといたしまして、ご要望に応じた室内のレイアウト変更を、試験的に導入することになったのです」

「レイアウトと言うと、照明や調度品など、ですか？」

「はい。もちろん現状復旧はしていただきますが」

それではホテルというより住居だ。一流だからこそ、様々な新しいサービスに挑戦しようとしているのかもしれない。

「そこで映理様には、ある長期滞在中のお客様の、お部屋を模様替えしていただきたいのです」

「私、が？」

長期滞在中ということは、パレスベイにとって上得意様ということ。そんなお客様に対して、部外者の映理がお相手をするなんて。

「いいんですか、そんなこと」

「相談役が許可を出されていることですので」

ここまで淡々と説明をしていた秘書が、わずかに声を落とし、重要事項を説明するように付け加える。

「ただ、ＣＥＯにはご内密にと仰せです」

晃には秘密でということは、パレスベイという企業には無関係ということ。

誠の完全な独断なのだ。

それだけ映理を信頼して、ということではないだろう。きっと彼女の人柄や力量を測るために違いない。

しかしこれは、あまりにも責任重大だ。

もしお客様のご機嫌を損ねたら、パレスベイはお得意様をひとり失ってしまうことになる。下手をしたらその方の関係者や、ご友人などにも影響が出るかもしれないのだ。

映理に、できるのだろうか——？

不安が胸をよぎるけれど、ここで逃げたら一生映理は、晃の妻として認めてもらえない。当初考えていた研修とは大きく違うものの、彼女の頑張り次第で状況が好転するなら、やってみるしかない。

「わかりました。私でよければ、ぜひ」

映理が強くうなずくと、秘書はにこやかに微笑んだ。

「では、お部屋にご案内いたします。直接お客様のほうから、ご要望を聞いていただけますか？」

秘書に連れられ、お客様が滞在しているスイートルームの前までやってきた。インターホンを鳴らすと、六十前後のご婦人がドアを開けてくれる。

えっ！　という驚きの声を、映理は必死で飲み込んだ。

立っていたのは銀髪が綺麗な、欧米人と思《おぼ》しき女性。まさか外国の方だとは思わず、映理はその場に固まってしまう。

「いらっしゃい。あなたが、インテリアコーディネーターの方ね？」

流暢《りゅうちょう》な日本語だった。きっともう何年もこちらで暮らしているのだろう。放心していた映理は、急いで息を整え深々と礼をした。

「はい。安原映理と申します」

映理が自己紹介すると、ご婦人は柔らかな笑顔で室内に招き入れてくれる。草花柄のワンピースがよく似合っていて、理想的な歳の取り方をしているように見えた。

「よく来てくれたわ。お茶でも入れましょうか？」

「あの、どうぞお構いなく」

映理は遠慮したけれど、ご婦人はすでにお茶の用意を始めていた。自分がお客様を訪問しているはずなのに、彼女の家に招待されたような感覚に陥る。

「私のことは、ソフィアと呼んでちょうだいね」

コーヒーを出しながら、ご婦人が言った。上得意様を名前で呼ぶなんてと思うけれど、彼女が望むならそうするべきなのだろう。

「ソフィア様は、こちらのお部屋にどのくらい、滞在されているんですか？」

「一年くらいかしら。掃除やベッドメイクもしてくれるし、ホテル暮らしのほうが楽なのよ」

この広い部屋に、ひとりで暮らしているのだろうか。不思議に思ったけれど、あまり個人的なことを詮索するのはよくない。

映理は気を取り直して、ヒアリングを始める。

「どういったレイアウトにしたいなど、具体的なご希望はおありですか？」

「ぼんやりとイメージはあるの。自然でほっこりした感じというか」

ソフィアが口にしたワードは、今の部屋とは対極にある気がした。ホテルライクのシックで統一感のある空間は、ややもすると無機質な印象を与えてしまう。

好みの洋服の感じからしても、ソフィアにはウッドテイストの家具や、温かみのある雑貨などが似合いそうだ。

「私ね、この椅子がすごく気に入っちゃって。この椅子に合う、お部屋にしたいと思ったのよ」

ソフィアが見せてくれた雑誌には、とある有名なデザイナーの椅子の写真が載っていた。簡素だけれど、優しく機能美に溢れた椅子は、世界のデザイン界に影響を与えた逸品だ。

「いいですよね。私も好きです」

「あら、ご存じ？」

「木製のフレームが露出していることが、美しさになっているんですよね。木の特性を知り尽くしたデザイナーだからこそだと思います」

ソフィアがパチパチと手を叩いた。感心した様子で映理を見つめるので、なんだか照れてしまう。

「あの、有名な方なんですよ。この椅子がお好みに合うのでしたら、北欧テイストのお部屋がいいかもしれませんね」

「それはどういう感じなの？」

「土や木などのアースカラーを使ったり、自然の動植物をモチーフにした小物をディスプレイしたり、でしょうか」

「へぇ、いいじゃない。私の好みに合いそうだわ」

ソフィアの反応がよかったので、映理は嬉しくなる。お客様とお話ししながら、イメージを固めていく過程は、やはり充実感があった。

「では次回、ファブリックのサンプルを持って参ります。３Ｄシミュレーションを使ったご提案もできますので、ソフィア様がイメージを固める手助けになると思いますよ」

「まぁ本当？　楽しみだわ」

陽気な笑顔で両手を合わせたソフィアからは、純真な少女らしさを感じる。素敵に可愛らしい女性のために、できる限りのことをしたい。

映理は誠からの依頼だということも忘れて、久しぶりのインテリアコーディネーターとしての仕事にワクワクするのだった。


「研修はどうだった？」

日が落ちてから、映理は晃に呼ばれて、ＣＥＯの執務室に来ていた。この部屋にいるときの彼は、隙のないビジネスマンの顔をしていてドキドキする。

「まだ、始めたばかりだから、なんとも」

映理は目を泳がせながら、適当に話を濁した。晃の思い描いている研修とは、全く違うことをしているから、事実のままには話せない。

「まぁそう、か」

晃は探るような目つきで映理を見ながら、再び質問する。

「ずっと立ちっぱなしで、疲れたんじゃないか？」

「あ、えっと、そんなでもないよ。休憩は取ってたし」

実際の映理は立ちっぱなしどころか、座ってコーヒーを飲みながら、お菓子を食べていた。ソフィアに引き留められ、つい一時間ほど前まで話し相手をしていたのだ。

「だったらいいが」

晃が気遣ってくれているのに、嘘をつくのは心苦しいが、これは誠との約束。悟られるわけにはいかないのだ。

「あの、もし用事がなければ私」

ボロが出る前に退散しようとした映理だったが、晃は立ち上がって彼女の腕を掴んだ。

「待てよ。もう仕事なんてないだろ？」

晃が突然、背中から映理の身体を抱きすくめた。彼女の首筋に頬ずりし、すぅーと息を吸っているのがわかる。

「映理の匂いって、なんでこんなに甘いんだろうな？」

「こんな場所で、やめ、て」

映理は身をよじるが、晃の力が強くて振り解けない。彼は抵抗する彼女ごと、筋肉質な腕で包み込んでくる。

「別に誰も見てない」

「そういう問題じゃ、ん……っ」

晃が映理の顎を持ち上げ、唇を重ねてきた。滑らかな舌が口の中に入ってきて、彼女はここが執務室だと忘れてしまいそうになる。

「コーヒーの味がする」

ソフィアが出してくれたコーヒーを思い出し、映理はビクンと身体を震わせた。バレたらどうしようと思うが、晃は映理が敏感に反応しただけだと思ったらしい。

「キスで、感じちゃった？」

「違っ、ぁ、こら」

晃が映理のネクタイを解こうとしたので、とっさに彼の手を掴んだ。やめてくれると思ったのに、彼は手を止めず彼女の耳に熱い吐息をかける。

「制服姿の映理も、新鮮でいい。よく似合ってる」

褒めてくれるのは嬉しいけれど、晃の指先はネクタイどころか、映理のブラウスのボタンまで外し始める。

映理は臆してしまって、恐る恐る晃に尋ねた。

「本気じゃない、よね？」

ここは晃が仕事をする部屋で、プライベートな場所じゃない。本来なら抱きしめ合うことさえ許されないのに。

「どうかな？」

晃は笑いながら、さらにもうひとつ、ボタンを外した。怯える映理の様子を、まるで楽しんでいるみたいだ。

「昨日あんなに」

「まだ、足りない」

「せめて帰っ、ゃ……んぅ」

さっきよりも激しく、晃が唇を押しつけてきた。蕩ける口づけが繰り返されるたび、映理はどんどん拒めなくなっていく。

「今したい」

「がっつくのは格好悪いって、言ったのに」

最後の気力を振り絞って、映理は晃をちょっとだけ睨んでみる。彼は少しまごついたけれど、反対に彼女を非難してきた。

「映理が悪いんだよ。なんか妙にオドオドしてて、攻めたくなる」

やっぱり秘密があるせいで、晃の前で堂々とできていないのだろう。映理は何も言えなくなってしまい、彼はそれを同意と受け取ったみたいだった。

「子どもが欲しいのは映理も同じ、だろ？」

甘えるようにささやかれ、晃が映理の鎖骨を食《は》んだ。こんな場所でダメだとわかっているのに、身体がひどく疼いてしまう。

理性が執務室を拒否しながら、本能は晃を求めている。相反する感情が映理の瞳を潤ませ、懇願することしかできない。

「あき……ら、やめ、て？」

映理の眼差しを受け取ると、晃は顔を切なく歪めた。こぼれそうな情欲の扱いに困っているのか、一瞬目を閉じる。

「その顔は逆効果だって、言ったろ？」

からかうような調子は消え、映理は強く壁に押しつけられた。

晃の荒く熱い吐息が、もう耐えられないと告げている。彼の瞳はまるで映理を脅すようで、もう観念するしかない。

「じゃあ、仮眠室、で」

映理が息も絶え絶えにつぶやくと、ようやく晃が離してくれる。ボタンを再びとめて、ネクタイを結びながら、彼は彼女にウインクした。

「先に行ってて。十分後に行く」

＊

結局仮眠室で一夜を明かした映理は、着替えをするため、早朝晃とともに自宅へ戻った。彼を送り出したあと、彼女はこっそりタケイホームズに向かう。

昨日連絡はしておいたけれど、退職してから行くのは初めて。少し緊張するものの、ソフィアにきちんと提案するなら、多彩なカラーファブリックやサンプルは必須だ。頼れるのはタケイホームズしかなかった。

「久しぶりだね、安原さん」

映理の都合で仕事を辞めたにもかかわらず、社長は温かく迎えてくれた。サンプルもすでに用意してくれている。

「お久しぶりです、社長。急にご連絡して、すみませんでした」

「いやいや全然構わないよ。いつでも遊びに来て欲しいと言ったのは、僕だしね」

社長は気さくに言ってくれ、映理に椅子を勧める。彼女は腰掛けながら、口を開いた。

「メールでもお伝えしましたが、今日は３Ｄデザインソフトや、サンプルをお借りしたくて参りました」

「貸すのはいいけど、安原さん、また留学するんだろう？」

社長の疑問はもっともだ。映理はもう一度アメリカで学ぶために、会社を離れたいと言ったのだから。

嘘をつくのは心苦しかったけれど、結婚を理由にすれば相手を隠してはおけない。まさかパレスベイのＣＥＯだなんて、話せるはずもなかった。

こういう状況になったのは予想外だったけれど、またタケイホームズを訪れられたことを、映理は嬉しくも感じている。

「実は知り合いの部屋の、レイアウト変更を頼まれてしまって」

また嘘を重ねることになるが、ホテルの名前を出すこともできなかった。秘書からは試験的に導入する、新サービスだと聞いているからだ。

「安原さん、人が好いから。留学の準備で大変だろうに」

同情までされてしまい、申し訳ない気持ちになる。いたたまれなくなった映理は、話題を変えようと矛先をビジネスに向けた。

「最近の景気はいかがですか？　以前、オフィスの内装工事も手がけていきたいとおっしゃってましたが」

社長は恥ずかしそうに頬をかき、苦笑いをした。

「いやー意気込みだけで、まだ具体的には何も始めてないんだ」

「タケイホームズの技術力は高いですし、きっかけさえあれば、仕事も繋がっていくと思いますけど」

「そうだね。ただ最初の一歩が、なかなか」

タケイホームズには、対企業向けの実績がないから難しいのだろう。力になれたらと思うが、この案件もすでに業者は決まっているかもしれない。

でももし、パレスベイ・ジャパンから仕事が受注できれば、タケイホームズの企業価値や信頼度は間違いなく上昇する。継続的な関係を築くことで、最高の得意先にもなるだろう。

高級ラグジュアリーホテルの内装も行っているとなれば、個人のお客様からの依頼だって増えるかもしれない。

今の段階ではなんの約束もできないし、映理が業者選定に関われるかどうかさえわからない。軽率なことは言えないけれど、機会があれば推すだけは推してみよう。

映理はタケイホームズの力を信じている。

恩義があるからだけじゃなく、街の工務店でもこれだけのことができるんだと、たくさんの人にわかってもらいたいのだ。

「社長はもっと自信を持ってください。タケイホームズは本当に、素晴らしい会社なんですから」

社長を元気づけたくて映理が力を込めると、彼は穏やかに微笑んだ。

「ありがとう」

ソフィアの望みを叶えることが一番ではあるが、タケイホームズのためにも頑張りたい。映理は急いで荷物をまとめると、社長に頭を下げた。

「それでは、お借りしていきます。十日前後でお返しできると思いますので」

「いつでも構わないよ。頑張ってね」

社長に見送られ、映理はタケイホームズをあとにしたのだった。

家に戻った映理はさっそくソフトを使って、客室の間取りを作成していく。やはり使い慣れたソフトだと作業も速い。快く貸してもらえて、本当によかった。

コンコンコン。

仕事に集中していた映理は、ドアをノックする音でディスプレイから顔を上げた。いつの間にか外は真っ暗だ。

映理は慌ててノートパソコンを閉じ、部屋のドアを開けた。帰ってきたばかりらしい晃が、気がかりな様子で立っている。

「出迎えもせずに、ごめんなさい」

「いやそれは構わない。今日は自宅で研修なんだって？」

秘書がそう言ったのだろうか。誠の課題は秘密にしなければならないから、気を利かせてくれたのかもしれない。

「そうなの。つい没頭しちゃって、これから夕食を作るね」

映理がキッチンに向かおうとすると、晃が彼女の腕を掴んだ。

「忙しいなら、階下のレストランに行こう」

「でも」

「頑張ってるのは応援したいけど、根を詰めすぎるのはよくない。大変ならもう少し余裕を持ったスケジュールに」

「いいの、私が好きでやってることだから」

晃の気遣いはありがたいけれど、これぱかりは映理のワガママを聞いてもらうしかない。むしろ仕事にかかりきりになることを、許してもらわなければ。

「あの、ね、しばらく部屋に籠もってばかりかもしれないけど、私のことは気にしないで大丈夫だから」

「しばらくって、どのくらい？」

「十日くらい、かな？」

映理が答えると、晃はびっくりした顔をする。

「そんなに？　ちょっと、っていうか、かなり寂しいな」

ようやく一緒に暮らせるようになったのに、映理だって気持ちは同じだ。でも今必死で取り組まなければ、ふたりの未来は開けない。

「ごめんなさい」

「謝ることじゃないけど、さ」

晃は困った顔で腕を組むが、映理の決心が固いのを悟って、最後にはうなずいてくれる。

「……わかったよ。映理がそこまで言うんだから、大事なことなんだろ」

「ありがとう」

礼を言うと、晃が映理の肩を抱いた。優しく頭を引き寄せ、にっこり笑う。

「ただし、その研修が一段落したら、ふたりで旅行に行こう」

「え、いいの？」

忙しい晃に、そんな余裕があるのだろうか。映理が不安そうだからか、彼は軽く胸を叩いた。

「俺も仕事を前倒しして、スケジュールを空けるよ。近場の温泉に一泊くらいなら、いいだろ？」

「嬉しい。お疲れ様会だね」

晃がこちらに来てから、バタバタすることが多かった。研修も始まり、なかなか落ち着いて話もできなかったのだ。

「笑ってくれてよかった。ご褒美旅行が待ってるなら、俺も我慢できる」

ふたりは顔を見合わせ、そっと口づけを交わしたのだった。

＊

今日はいよいよ、ソフィアにプレゼンをする日だ。

映理は今までにないほど張り詰めた気持ちで、ソフィアの部屋の前まで来ていた。

何度も大きく深呼吸して、インターホンを鳴らす。

「いらっしゃい。お待ちしてたのよ」

すぐに扉が開き、ワクワクした様子のソフィアが顔を出す。本当に映理が来るのを楽しみにしてくれていたのだろう。

万全の準備はしてきたつもりだが、あまりに期待されていると、やっぱり心配になってしまう。弱気になりそうな心を押し込め、映理は精一杯の笑顔を作った。

「ありがとうございます。幾つか案を作成しましたので、ご意見を聞かせていただけると嬉しいです」

前回と同じようにソフィアがコーヒーを入れてくれ、映理はノートパソコンを起動させた。デザインソフトを立ち上げ、苦労して作った3Dシミュレーションを表示させる。

「まぁ、全然違う部屋みたい」

興味津々という感じで、ソフィアがディスプレイをのぞき込んだ。映理は見やすいように画面をソフィアに向けながら、説明を始める。

「現状復旧できるようにとのことですので、壁紙の色は現在のまま白になってしまいますが、ダイニングの椅子とテーブル、収納家具を脚つきのものに変更しました」

「これは、あの椅子ね？」

「はい。全て同じデザイナーの作品です」

ソフィアは家具にこだわりがあるようだったから、そこに合わせてプランを練っていったのだ。

「電灯はペンダントライトに変えてあります。温もりのあるサンドベージュもいいですが」

映理はマウスをクリックして、照明の傘の色を変更する。

「ビビッドなオレンジもオススメです。ビタミンカラーは、部屋を明るく見せてくれますよ」

ソフィアは感心しながら画面に顔を近づけ、ふんふんとうなずく。

「いいわね。フロアスタンドのランプシェードもお洒落だわ」

「実はこれ、紙製なんですよ。北欧の王室御用達ブランドの商品なんですが、日本の折り紙からインスピレーションを得たんだとか」

「そうなのね！　私日本の伝統的な照明って好きなのよ。提灯《ちょうちん》とか行灯《あんどん》とか」

そんな言葉がさらっと出てくるのは、日本をよく知り、愛してくれているからだろう。日本人として、それはとても喜ばしいことだ。

「こちらはリビングです。ソファも先ほどと同様、脚つきのタイプにして、クッションカバーをデザイン性のあるものにしています」

「ちょっと派手かしらと思うけど、悪くないわね。大胆な柄なのに、不思議と部屋がスッキリして見えるわ」

「それは縦と横のラインを揃えているからです。他にもファブリックの見本をご用意していますので、ぜひご覧になってください」

タケイホームズから借りてきたサンプルの中から、今回のインテリアに合いそうなものをチョイスしてある。

「まぁこんなに？　どれも素敵で迷っちゃうわ」

「こちらなんかも人気なんですよ。ベースカラーがグレーなので、いいアクセントになると思います」

画面上のクッション柄を変更すると、部屋のセンスがグッと上がる。鉢植えの観葉植物との相性も抜群だ。

「素晴らしいわ。私のざっくりしたイメージを、ここまで明瞭な形にしてくれるなんて。３Ｄシミュレーションも、とってもわかりやすいし」

ソフィアがあまりに絶賛してくれるので、恐れ多くていたたまれない。映理は戸惑いながらも、感謝の言葉を口にする。

「ありがとうございます」

「あら、お礼を言うのは私のほうよ。あなたのような方が、お嫁さんで本当によかったわ」

「え？」

ソフィアの言葉がとっさに理解できず、映理は間抜《まぬ》けな声をあげてしまう。彼女はにっこり笑うと、寝室に向かって声を掛けた。

「あなた、もうテストは十分でしょう？」

しばらくすると寝室の扉が開き、誠が出てきた。どうやら映理とソフィアのやり取りを、こっそり聞いていたらしい。

「あの、どういう」

まだ状況が飲み込めない映理に、誠が申し訳なさそうに言った。

「試すような真似をしてすまない。ソフィアは晃の母親なんだ」

映理は驚きのあまり固まってしまい、すぐには返事ができなかった。

以前に晃からダブルだと聞いていたので、取り乱すようなことはなかったけれど、気持ちを落ち着かせるのに少し時間がかかってしまう。

「そう、だったんですね」

どうにか呼吸を整えて答えると、誠がきまり悪そうに苦笑する。

「映理さんの人柄が知りたくて、インテリアの提案をしてもらったんだよ」

「じゃあ、レイアウトの変更をしたいというのは」

偽りだったのだろうか？

映理の苦労なんて構わないけれど、タケイホームズのことを考えると残念だった。

うなだれた彼女を見たせいか、誠が慌てて付け加える。

「いやいや、それは本当なんだ。ソフィアの相談に乗ってくれて、大変感謝している」

「よかった……」

映理は胸をなで下ろし、ホッとした笑顔で続ける。

「前の職場でソフトやサンプルをお借りしたので、もしまだ施工業者が決定していないのであれば、ご推薦させていただきたいと思っていたんです。規模は小さいですが、とてもいい仕事をする会社ですので」

誠は映理の想いを理解した様子で、ふむと深くうなずいた。しかしすぐビジネスマンの顔になり、気の毒そうに口を開く。

「業者の選定はコンペ形式になると思う。もちろん参加は歓迎するが、必ずお願いできるとは限らない。それでも構わないかな？」

「はい。チャンスをいただけるだけでも嬉しいです。ありがとうございます！」

映理が頭を下げると、ソフィアが映理の手を取った。

「仕事も職場も、すごく愛してらしたのね」

ソフィアは映理の手を握ったまま、優しく続ける。

「責任感があって、本当に信頼できる方だから、安心して晃を任せられるわ。これからよろしくお願いするわね」

「こちらこそ、よろしくお願いいたします」

映理もまたソフィアの手を強く握り返す。

やった。晃の両親に、認められた——。

ツンと鼻の奥が痛くなり、目尻に涙が浮かぶ。

大きな喜びはあったけれど、安堵のほうが勝っていたかもしれない。正解がわからない中で、模索し続けるのは不安だったのだ。

でもソフィアが映理にくれた、信頼できるという言葉。それは身に余るほど光栄だったし、晃の妻になることへの自信にも繋がったのだった。

研修と称して映理が試されていたことを知り、晃は随分と立腹していた。彼にだけ明かされていなかったから、疎外感も覚えてしまったのだろう。

それでも映理やソフィアが取り成したこともあり、誠の切実な気持ちを晃も理解したようだった。

＊

もう晃と映理が結婚するにあたり、なんの障害もない。

粛々と結婚準備を始めるはずだったのだが、ふたりは旅行の予定を入れていた。この忙しいときにと、誠は難色を示していたけれど、映理をテストした手前、婚前旅行を許してくれた。

「今回は列車の旅にしたよ」

晃にそう言われたとき、のんびりとした旅になるといいなと思った。車もいいけれど、ずっと運転するのは疲れるだろうし、渋滞だってあるかもしれない。

景色や会話を楽しむなら、列車のほうがいいだろう。売店で買う駅弁も楽しみだななんて思っていたのだが、駅に着くと雰囲気が違う。

カフェに案内され、「出発までごゆるりとお過ごしください」と言われてしまったのだ。フリードリンク制になっており、まるで空港ラウンジのようだ。

「もしかして、普通の特急とかじゃ、ないの？」

「せっかくだから、観光列車にしたんだ」

乗ること自体が目的になるほど、豪華な列車ということだろうか。カフェの雰囲気とも相まって、否応なく期待が高まる。

「ありがとう、特別な時間になるよう考えてくれたんだよね？」

「俺がそうしたかったから。列車ならアルコールもＯＫだし」

晃は昼間から飲むつもりなのだろうか。ちょっとびっくりしてしまうけれど、これは旅行なのだ。少し羽目を外すのもいいかもしれない。

「じゃあ私も飲もうかな？」

「映理はやめといたほうがいいんじゃないか？　酔い潰れちゃったら、夜を楽しめない」

ここがカフェでなかったら、キスをしかねないような晃の甘い表情。映理はドギマギして、彼の顔が真っ直ぐ見られない。

「ぁ、えっと、食事も列車の中で？」

「食堂車があるからね。今回は創作和食のコースにした。キッチンカーがあるから、出来たての料理が味わえる」

「へぇ、どんな列車なんだろう？　ワクワクするなぁ」

出発時刻が来てホームに向かうと、映理はその美しさに目を奪われた。濃紺の車体に黄金のラインが引かれ、普通の電車とは比べものにならないほど、洗練された上品なデザインだ。

「すごい、外国の映画に出てきそう」

「中はもっとすごいよ」

晃は映理の反応を満足そうに眺めながら、列車内に促す。足を踏み入れた車両は、クラシックホテルさながらだった。

寄せ木細工をイメージした床と、組子細工の椅子。ほのかに木の香りがして、とても列車の中だとは思えない。

生け花が飾られたロビーのような車両もあれば、書籍が置かれたライブラリーのような空間もあった。座席はコンパートメントになっており、プライベートもしっかり確保されている。

「こんな贅沢な時間を過ごしながら、目的地に向かえるなんて」

「結婚前の最後の旅になるだろうから、思い出に残るものにしたかったんだ」

晃が映理に微笑みかけてくれ、彼女は彼の気遣いに胸が熱くなるのだった。


電車を降りると、駅員や旅館の女将達が出迎えてくれた。花束まで用意され、おもてなしの心がありがたい。

「それじゃあ、まずはどこに行く？　遊覧船もあるし、ロープウェイもあるけど」

改札を出たところで、晃が尋ねた。どちらも興味はあるのだが、美しい海と歴史を感じさせる景色が、映理の興味を掻き立てる。

「風情のあるところだから、ちょっと散策してみたいな」

映理の返事が意外だったようで、晃は目をパチパチとさせたけれど、すぐに穏やかな微笑みを浮かべる。

「それもいいかもしれないな。この辺りは見所がコンパクトにまとまってるから、徒歩でも十分楽しめる」

石畳の小径を進んでいくと、明治時代の蔵を改装したというお洒落なカフェや、レトロな雰囲気のアンティークショップがずらりと並ぶ。

なまこ壁の家並みやガス灯、朱塗りの柳橋――。

ノスタルジックな雰囲気と点在する足湯スポットが、旅のワクワク感を高めてくれ、ただ歩いているだけでもすごく楽しい。

「素敵なところだね」

「だろ？　映理は気に入ってくれると思った」

晃が自然に映理の手を取り、指を絡めて握る。彼と出会ってから随分と経つけれど、こんなにデートらしいデートは初めてかもしれない。

何度も出かけたことはあるが、デートではなく友達とのお出かけだった。晃はずっと紳士的で、あの夜までは手を繋ぐことすらなかったのだ。

「私達、デートしてるんだね」

映理は頬を染めて、晃の手を握り返す。彼は歩みを止めぬまま、優しく答える。

「やっと、ね」

「……もしかして、留学してたときも、こんな風にしたかった？」

晃はこちらを見なかったけれど、顔が赤くなっているのがわかる。彼は映理の手を引き寄せ、耳元でささやく。

「当たり前だろ。でも映理はか弱い子羊みたいで、狼になんてなれなかった」

鈍感な映理に、晃は業を煮やしていたのかもしれない。悪いことをしたなと思いつつつ、彼女はあの頃の気持ちを包み隠さず話し始める。

「私、誰かに夢中になるってことが、よくわからなかったの。他にやりたいことがたくさんあったから」

男性不信だったわけじゃないけれど、目の前のやるべきことよりも、恋愛が大事だとは思わなかった。特に学生の頃は学業優先でよかったし、むしろ先生方には褒められたくらいだ。

でも歳を重ねるごとに、周りから取り残されていくような感覚に陥ることはあった。久美が結婚することになったとき、一番強くそう思ったかもしれない。映理の姉であることに変わりはなくても、彼女のステータスは妻になったからだ。

映理が海外留学を決めたのは、もちろん勉強のためだったけれど、今思えば寂しさもあったし、変わりたいという気持ちもあったのかもしれない。

「よく俺の誘い、受けてくれたね」

映理自身そう思う。きっと日本だったら、断っていたに違いない。

「あのときは留学を有意義なものにするためって、言い聞かせてたの」

映理の言葉を聞き、晃はわずかに表情を曇らせた。しばらく迷ってから、苦笑いして尋ねる。

「俺、男として、魅力なかった？」

「そんなこと、ないけど」

あんな風に助けられて、ときめかないほうがおかしい。普通だったら、ひと目で恋に落ちただろう。

「意識しないように、してたの。好きになっちゃったら、困るから」

映理が頬を上気させると、晃は破顔して言った。

「安心した。そりゃ中身も大事だけど、映理には外見含めて、俺の全部に惚れて欲しいから」

何もかも完璧な晃が言うような言葉じゃない。映理は繋いだ手をぎゅっと握り、必死に伝える。

「人としても、男性としても、最初から晃には惹かれてるよ」

映理は真面目に言ったのに、晃は茶化すような調子で尋ねた。

「男性としても、ってとこ、もうちょっと詳しく聞きたいんだけど」

「それは、その、男らしさとか」

羞恥心でしどろもどろになる映理に、晃はさらに追い討ちをかける。

「他には？」

「どうして、そんなに突っ込んでくるの？」

困った映理が質問で返すと、晃は晴れやかに答える。

「好きな人の好みが知りたいって、普通のことだろ？　映理はあんまりそういう話しないから、気になるんだよ」

晃は口元をほころばせ、映理にだけ聞こえるように、甘えた声で尋ねた。

「俺の身体で、好きなとこある？」

心臓がトクンと跳ね、映理の体温が上昇した。彼女は熱くなった頬を感じながら、周囲を確認したあとでつぶやく。

「……薄く割れた、腹筋」

正直に答えたのに、晃はクスクスと笑い出す。

「へぇ？　映理って、筋肉質なほうがタイプだったんだ？　もしかして、もっと激しくされたかった？」

「違っ、そんなんじゃ」

「隠さなくていいって。そういえば映理、いつも俺の腹触るもんな」

晃がわざとらしく腹筋に手を当て、映理は照れてしまって顔を背ける。

「もぅ、知らない！」

少し頬を膨らませたからか、晃は慌てた調子で謝罪した。

「からかって、ごめん。でも俺、嬉しいんだよ」

さっきとは打って変わって、真剣に付け加える。

「映理は俺に付き合ってくれてるだけなんじゃないかって、不安だったから」

映理が晃の顔をのぞき込むと、彼が本心を語っているのがわかった。眉間に皺を寄せた、どこか寂しいような表情を浮かべている。

初めての夜のことを、晃が気にしていたのは聞いた。でもそれからあとでさえ、彼は映理の気持ちを気遣ってくれていたのだ。

「映理は奥手だし、そういうことを楽しめる心境になるまで、本当は時間を掛けたいんだ。けど結局俺のほうが、我慢できなくなるんだよな」

晃が自分を卑下するように笑うので、映理はたまらなくなって頭を下げた。

「ごめんなさい」

いつだって晃は、言って欲しいと伝えてくれていた。映理が言葉を尽くせなかったのは、照れや恥じらいのせいだ。

「嫌だったことなんて一回もないの。うまく気持ちを言い表せなかっただけで」

「じゃあどう、思ってる？」

辺りには観光客もいてざわついている。いつもの映理なら、絶対に話すことなんてできなかっただろう。でも今は。

「晃に触れ」

ふいに晃が映理の唇に、人差し指を置いた。彼から尋ねたくせに、今聞いてしまうのはもったいないとでも言いたそうだ。

「そろそろ宿に行こう。……着いたら教えて？」

旅館は街の中心地から少し離れた場所にあった。

細い砂利道を通って建物に入ると、フロントから美しい海が見える。チェックインをして、今日泊まる部屋に向かうのだが、宿泊施設は別棟になっているらしい。

ルームキーを使って宿泊棟に足を踏み入れると、すぐに広いゲストラウンジがあった。ソフトドリンクだけでなく、アルコールやおつまみまで豊富に取り揃えられ、自由に飲食ができるようだ。

「こんな場所まであるんだ」

外観を見たときから高級旅館だとは思っていたけれど、予想以上にハイグレードな設備にびっくりしてしまう。

「あとでくつろぎに来よう」

晃がささやき、これからの時間を否が応でも期待してしまう。

長い廊下を歩いて部屋に到着すると、まず目に付いたのは大きな窓だった。オーシャンビューを切り取った景色は、いつまでも眺めていられる。

部屋の雰囲気は和モダンといった感じだろうか。

小上がりの間接照明が柔らかく、ロータイプのベッドには、波間をイメージしたフットスローが掛けられている。一枚板の座卓には地元の銘菓が用意され、美しい木目が際立つ小皿は、この辺りでは有名な工芸品のようだ。

細々とした調度品や雰囲気から、この地域ならではの風情を大事にしているのが伝わってくる。

色浴衣は数種類準備されており、映理はその中から淡いイエローのものを選んだ。

着替えていると、晃の声が聞こえてくる。

「映理、こっちに来て」

晃の下に向かうと、彼はもうしっかり浴衣を着ていた。

「ここからの景色を、一番見せたかったんだ」

扉を開けた先は、露天風呂だった。ふたりでは持て余すほど広い浴槽から、白い湯気が立ち上っている。

緑が強い独特な色合いの海。　水平線に夕日が落ちる瞬間を待ちながら、檜の浴槽で温泉に浸かる――。

「なんて、贅沢な空間なの」

感激する映理を満足そうに眺め、晃が温泉の湯を掬《すく》った。

「今から、入る？」

一緒にと言われてる気がして、映理は急に体温が上昇したのを感じた。速くなった鼓動を隠して、さりげなくお茶に誘う。

「えっと、少し休憩しない？　ドリンクメーカーもあるみたいだし」

晃はちょっと残念そうだったけれど、一応うなずいてくれる。

「わかった」

映理は晃とともに、リビングに向かい、ふたり分の緑茶を入れた。オーシャンビューを楽しめるように、並んで座椅子に座る。

「色浴衣、似合ってる」

晃に褒められると、頬が赤く染まってしまう。映理は顔を背けるようにして、「ありがとう」とお礼を言った。

甘い沈黙が漂い、映理は天井や壁を見回しながら、話題を探す。

「旅館っていうか、ホテルっていうか、どっちものいいとこ取りって感じだね」

「海外からのゲストも意識してるんだろう。パレスベイではこういう純和風の居室はないから新鮮だ」

「一戸建てでも、最近は和室が減ってるもんね。私が携わってきた住宅でも、和室がひとつもないお家もあったの」

畳も障子も定期的なメンテナンスが必要だから、フローリングに需要があるのはわかる。お手入れのことを考えれば、和室を作るのは躊躇してしまうのだ。

「でも、こういう和モダンの提案もできたんだよね。ユニット畳とか、プラスチック障子紙とかにすれば、耐久性もあるだろうし」

今思えばもっといいアドバイスができたんじゃないかと思ったところで、映理は旅行に来ていることを思い出す。

「ごめんなさい、私ったらまたこんな話」

晃はにこっと笑い、首を左右に振った。

「全然構わないよ。むしろ映理らしい」

こういうやり取りがとても懐かしく、それでいて以前と同じではない。なぜだろうと思ったけれど、映理はその答えに気づいた。

「今日ははじめからずっと、期待通りなんかじゃないよ」

「え？」

かつて晃が言った、期待を上回りたいという言葉。彼はまだ思い出していないようだから、さらに付け加える。

「私、晃のおもてなしに感動してる。最高の思い出になるって、確信してるの」

晃は映理が言いたいことに気づいたみたいだった。彼は彼女を抱き寄せ、頰に密やかなキスをする。

「さっきの答え、聞いていい？」

映理はゆっくりと深呼吸してから、今彼女の身体に起こっている変化を、正確に伝えようと言葉を選ぶ。

「……晃に触れられると、身体が熱く、なるの。甘く痺れて、自分では制御できなくなってく」

「気持ちいい、ってこと？」

単刀直入に尋ねられ、映理はうなずくしかない。

「それが聞きたかった。俺はいつも、最高に気持ちいいよ」

晃が耳元でつぶやき、映理の官能が堪えようもなく刺激される。

「言わなくていい、から」

弱々しい映理のささやきを聞いて、晃の唇が執拗に首筋を攻め始めた。彼女の情動を呼び起こすように、じっくりと触れるのだ。

「ぁ――、いや」

晃の唇が映理を焦らし、彼女は込み上げる熱に翻弄される。

「嫌じゃないって、言っただろ？」

「それは、ん……っ、ぅ」

唇と唇が重ねられ、晃の舌が入ってきた。頭の中が痺れるような快感で映理を支配したかと思うと、彼はすぐにキスをやめてしまう。

「もっと、して欲しい？」

いつもなら、晃がやめることはない。まるで映理を試しているみたいだ。

「……うん」

ちゃんと答えたのに、晃はキスを再開しない。嬉しそうに映理の髪を掻き上げ、こめかみや瞼に唇を触れさせる。

「してくれ、ないの？」

「たまには映理にも、我慢してもらおうと思って」

唇を避けたキスは、わざとだったのだ。晃の意地悪な口づけに気づくと、自らの渇望を悟ってしまう。彼に唇を奪われたくて、仕方なくなるのだ。

「あき、ら」

「何？」

思わず口にしそうになったけれど、映理はどうにか堪えた。自分からキスをねだるなんて、はしたないことはできなかったのだ。

「言えよ」

黙ってしまった映理に、晃の攻勢はさらに激しくなる。背中や肩口に添えられた手が、薄い浴衣越しに彼女を柔らかくなで回すのだ。

「っ……はっ……はぁ」

晃を求めるみたいに息が弾んで、映理は恥ずかしさで身をよじる。彼はそんな彼女の反応を楽しんでいるようだ。

「映理」

余裕のない表情で晃を見つめると、彼は映理の手を取って言った。

「俺に触れて」

「え？　ゃ、ダメ」

晃は映理に構わず、彼の腹部に指先を誘導する。薄く割れた腹筋に触れ、身体がぞくりと疼く。

「好きなんだろ？」

映理の手を上から押さえつけるように、晃の大きな手が重ねられる。ほんのり汗ばんだ肉体に触れていると、彼女の奥底から秘めた欲望が込み上げてくるようだ。

「今の俺、めちゃくちゃ興奮してる」

晃の熱っぽい瞳が、映理の言葉を待っている。尋ねはしないけれど、彼女の気持ちを聞きたがっているのがわかるのだ。

迷いながらためらいながら、映理は口を開いた。

「キス、して？　私も晃が」

その先は言えない。いくらなんでも、恥ずかしすぎる。それなのに晃は、続きを促すのだ。

「晃が？」

思わず逃げ出したくなるけれど、晃は映理の手を掴んで離さない。彼女はうつむいたまま、ごく小さな声でつぶやいた。

「欲しい、の」

「よくできました」

晃は映理の頭をなでると、すぐさま唇を重ねた。

「んっ、んんぅ」

さっきあれほど焦らされたキスは、息もできないほど荒っぽい。逃れようもないほど野性的で、映理の身体を芯から蕩けさせるのだ。

「映理、愛してる……愛してる」

何度も何度もつぶやきながら、晃は熱烈なキスを続ける。思考が鈍り、身体が溶けてしまいそうだ。

「愛し、てる……もっ、と……晃を感じ、たい……」

いつの間にか映理は、晃の背中を掻き抱いていた。彼の情熱に応えるように、彼女のキスも深く強くなっていく。

もう言葉はいらなかった。

本能の赴くまま、ふたりはひたすらにお互いを求め続けた。絶対に離れることはないと、心に誓いながら。

＊

今日は実家に結婚の挨拶に来ていた。晃の写真は見せているけれど、母と久美が彼に会うのはこれが初めて。きっと緊張しているだろう。

「映理、俺のネクタイ、曲がってないか？」

「うん、いい感じだよ」

晃は意識して深呼吸をすると、落ち着きなく視線を彷徨《さまよ》わせている。

「ふぅ、ドキドキするな」

「きっとお母さん達も、同じだと思うよ」

映理は晃に笑いかけ、カチコチになった彼の背中をなでる。

「大丈夫。ふたりとも晃に会えるの、すごく楽しみにしてるんだから」

インターホンを押そうと指を出したところで、ふいに玄関の扉が開いた。顔を出したのは久美だ。虫の知らせでもあったのだろうか。

「あら、いらっしゃい」

久美は目を丸くすると、家の中に向かって声を掛けた。

「お母さん、映理と晃さんが来てくださったわよ」

母が何か言ったのが聞こえたけれど、映理には内容まではわからない。久美は大きくドアを開けて、ふたりを招き入れてくれる。

「お待ちしてました。狭いところですが、どうぞ」

久美が堅苦しい調子で言うので、映理は少し笑ってしまう。晃はギクシャクした動きで頭を下げる。

「失礼します」

なんだか窮屈なやり取りだなと思うけれど、初対面なのだから仕方ない。映理だって晃の両親の前では、こんな感じだったのだ。

居間に入ると、ちゃぶ台の前に座布団が敷かれていた。新しいカバーを買ったのか、見たことのないデザインだ。

結婚の挨拶に行くと言ったから、母も気を遣ってくれたのだろう。部屋の中も随分と整理整頓されている。

「どうぞお座りになってください」

「ありがとうございます」

晃が正座してから映理も隣に座り、久美に尋ねる。

「洋輔と陽菜は？」

「お昼寝中。大人しく眠ってくれてよかったわ。あの子達がいると、騒がしくて話ができないもの」

「そうなんだ。晃さん、洋輔に会えるの期待してたのに」

「本当？　じゃああとでこっそり様子を見に行きましょう」

久美はにっこり笑うと、昔を懐かしむように続けた。

「私が映理にパレスベイ・ジャパンのイベントチケットをあげたから、ふたりは再会できたのよね。そんな映画みたいなこと、実際にあるんだって驚いたわ」

「その節は、誠にありがとうございました」

晃が突然ちゃぶ台に手をつき頭を下げたので、久美も映理もびっくりしてしまう。

「ずっとお礼を言いたいと思っていたんです。久美さんは俺達にとって、恋のキューピッドですから」

「そんな、顔を上げてください」

久美は慌てて言いながら、映理のほうを向いて笑いかける。

「映理ってば、愛されてるわねぇ。なんの問題もなさそうで、安心したわ」

映理は真っ赤になってうつむいたけれど、久美や母が気を揉んでくれていたのだと思うと胸が一杯になる。相手が相手だから、文句なしの大賛成というわけにもいかなかったのだろう。

「あらあら、なんのお話?」

台所からお盆を持った母が、会話に入ってきた。コーヒーカップと苺のショートケーキを、ちゃぶ台の上に置いてくれる。

「大したものじゃないけど、召し上がって」

「ありがとうございます」

晃は礼を言ってコーヒーカップに口をつけるが、映理はカップを持ち上げたまま、どうしても飲む気になれない。

「どうしたの、映理。このコーヒー豆、好きだったでしょう?」

「うん、そうなんだけど。なんか、匂いが気になって」

「やだ映理ってば、妊娠したんじゃないの?」

誰よりも早く、一切の躊躇もせず、久美があっさりと言った。晃と母が固まってしまったから、映理は慌ててコーヒーを飲んだ。

「もうお姉ちゃんたら、そんなわけないじゃない。うん、美味しい。ありがとうお母さん」

映理がフォローすると、ふたりは安堵したようだった。妊娠はおめでたい話だけれど、さすがにこのタイミングだと微妙な空気になってしまう。

しかし言われてみれば、少し遅れている気がした。こっそりお腹に手を当ててみたところで何も感じないけれど、久美の勘は鋭いのだ。

「まぁもし妊娠してたとしても、孫の顔が見られるのは嬉しいことよ。気がかりなのは映理が晃さんの奥さんを、立派に務められるかどうかね」

母はまだ不安を拭い切れていないらしい。映理はこれまでだって、随分と説明してきたけれど、嫁ぐ娘のことを考えれば思うこともあるのだろう。

「ご心配なさらないでください。私は必ず、映理さんを幸せにします」

晃は穏やかな笑顔を浮かべて言った。

気負っているわけでも、勇んでいるわけでもない。

さも当然であるかのごとく。

「そう……それなら、私達が言うことは、何もないわね」

母はしみじみとつぶやき、晃を頼もしそうに見つめる。

「私も久美も、もちろん天国のお父さんも、映理の幸せだけを願っているんですもの」

「お母さん」

なぜか胸がズキンと痛む。家族の愛情が嬉しいのに、とても切ない。これがお嫁に行くということなのだろうか。

「どうぞ映理を、よろしくお願いいたします」

静かに頭を下げる母を見て、映理は必ず幸せにならなくてはと誓うのだった。

＊

久美の指摘は、やはり当たっていた。

後日産婦人科を受診すると、六週目に入ったところだったのだ。

小さな小さな赤ちゃんが、生きて動いている——。

超音波検査で我が子を目にすると、愛おしくて涙ぐんでしまった。

妊娠しているという実感が湧き、映理は行きに比べて慎重に帰宅した。買い物をするのも歩くのも時間を掛けて、注意深く家まで戻ってくる。

玄関までたどり着くと、映理は気が緩んでその場に座り込んでしまった。

実は最近、頭痛やだるさ、吐き気を感じていたのだ。つわりだとハッキリしたのはよかったけれど、体調の変化に少し動揺もしている。

映理はなんとか立ち上がり、買ってきた物を冷蔵庫に収めた。エプロンを着け、自分を励ますように声を出す。

「さて、夕食を作ろうかな」

米を研いで炊飯器にセットし、料理を始めるのだが、時々ソファで休憩しないと台所にいられない。普段ならご飯が炊ける匂いも、焼き魚の香りも芳しいのに、胸がムカムカしてしまうのだ。

家の鍵がガチャリと開く音がした。

晃の帰宅がいつもより早い。

結果が気になって、急いで帰ってきてくれたのだろうか?

「どうだった?」

まるで走ってきたように、息を切らしながら晃が言った。

「妊娠してたよ」

映理が微笑むと、晃はガバッと彼女を抱きしめる。実家では戸惑っていたように見えたけれど、本当は期待で胸を膨らませていたのかもしれない。

「よかった……! 赤ちゃん、どんなだった?」

晃は子どもみたいにはしゃいで、映理の周りをクルクルと回った。落ち着いてはいられないみたいで、マンションでなければ飛び跳ねていただろう。

「めちゃくちゃ小っちゃかったよ。オレンジの粒くらい」

親指と人差し指で小さな隙間を作ると、晃は喜びのままに映理の頬を包み込んだ。

「そうなんだ？　あぁ、すごく嬉しいよ」

晃は今にも叫び出したいのを、必死で堪えているみたいだった。彼の全身から、歓喜の声が響いているように見える。

「俺、パパになるんだな。本っ当に嬉しい。ありがとう、映理」

お礼を言われて、映理の顔もほころぶ。待望の赤ちゃんなのだから、彼女だって嬉しくてたまらないのだ。

「私も嬉しいよ。ふたりの愛の結晶だもんね」

映理はお腹に手を当て、晃もその上に手を重ねる。彼は湧き上がる興奮を抑えて、優しく言った。

「俺にできることは全部するから。映理もちゃんと頼ってくれよ」

「ありがとう。でも、晃は忙しいんだから、無理はしないで」

仕事で多忙な晃に、あまり世話はかけたくない。久美だって夫の不在をひとりで乗り切ったのだから、映理にもできるはずだ。

しかし晃は首を左右に振り、映理を安心させるように言う。

「無理なんかしてないよ。愛する妻と子のためなんだから」

晃はふと漂う夕食の匂いに気づき、心配そうに問いかける。

「夕食、作ってくれたんだ。体調は大丈夫？」

「うん、休憩しながらだから」

映理は笑ったけれど、晃は眉間に皺を寄せ苦しそうに謝る。

「つわりがあるのに、ごめん。ちゃんと話し合っておけばよかった」

「いいの、家事はきちんとこなしたいから」

「今は体調が最優先だよ。映理さえよければ、しばらく外で食べてくるようにする。映理こそ食欲はあるのか？　食べたいものがあったら、今からでも買ってくるけど」

晃があまりに労ってくれるので、なんだか申し訳なくなってくる。存分に動けないことが、とても歯がゆい。

「映理、どうした？　苦しいのか？」

目尻を擦ってしまったから、晃がオロオロと映理の肩を抱いた。情緒が不安定になっているのは、妊娠が影響しているのかもしれない。

「ううん、違うの。晃に悪くて」

「そんなこと、考えなくていい。映理のために何かできるのは、むしろ嬉しいんだから」

コクンと映理がうなずくと、晃は彼女の額にそっとキスをした。

「さ、夕食を食べよう。せっかく作ってくれたんだから、一緒に食事したい」

「そう、だね」

めまぐるしい気分や身体の変化が映理を襲い、子どもを授かった喜びと同じくらい、不安や心配もある。けれど晃が気遣ってくれることが、本当に心強く、彼女を安心させてくれるのだった。

*

結婚式は安定期に入ってからということになった。

つわりがとてもひどかったし、お腹が目立たないうちにしようとすると、準備期間がほとんどなくなってしまうからだ。

それでも使える時間は、普通の結婚式の半分以下。マタニティドレスは種類も多くない。ちょっと残念だったけれど、身内や親しい人だけの、アットホームな結婚式ができることが嬉しかった。

取引先を呼ぶ大掛かりな結婚披露宴とは別に、日本でも結婚式をする。

そう提案してくれたのは晃だ。家族や友達、お世話になったタケイホームズの社長や同僚を呼んで、小さくても温かい結婚式がしたいという、映理の気持ちを大切に考えてくれたのだと思う。

とは言えパレスベイ・ジャパンが会場で、小さいなどと言うと怒られるだろう。花嫁の多くが憧れる、格式の高い最高級ホテルなのだから。

準備に際しては、晃の秘書が随分と尽力してくれた。身体への負担が気になっていたのだが、打ち合わせはメールや電話を中心に、彼女が家まで足を運んでくれたこともあった。

全て晃が調整してくれたことであり、マタニティウエディングでも映理が希望する結婚式を挙げられるように配慮してくれたのだ。

準備期間はあっという間に過ぎ、結婚式は無事に執り行われた。

体調も問題なく、マタニティだからこその演出も考えてもらい、招待客の評判は上々だった。

海外ウエディングにはならなかったけれど、久美の一家も母も素敵な結婚式だと大喜びしてくれた。映理にとって大事な人達が、ふたりの門出を祝ってくれ、本当に幸せな時間だったと思う。

大きなイベントが終わり、映理はホッとひと息ついて、家のソファに腰掛けた。結婚式のことで張り詰めていた気分が、ふわっと緩む。

「お風呂沸かしたから、のんびり入るといい。今日は疲れただろ」

浴室から出てきた晃が、映理に声を掛けてくれる。彼は彼女の妊娠がわかってから、ほとんどの家事を引き受けてくれた。

朝早く起きて、忙しい仕事の合間を縫い、ずっと映理を支えてくれているのだ。風呂の掃除をし、お湯を張ってくれるのも毎日のことだった。

「ごめんなさい、晃。いつも、ありがとう」

映理はソファから立ち上がり、深々と礼をした。晃は彼女に近寄り、慈しむように抱きながら答える。

「映理はそうやって、すぐ謝る。俺がしたくてしてることだって、いつも言ってるだろ？」

「だけど、何もできない自分がもどかしくて」

晃は映理の肩を抱き、そっとソファに座らせた。彼は彼女の顔を真っ直ぐに見つめて、おもむろに口を開く。

「映理は俺にできなかったことを、してくれてる」

映理が首を傾げると、晃は真面目な顔をして続けた。

「俺、父が泣いてるところを、初めて見たんだ。両親の心からの祝福は、映理の努力がなければ無理だったと思う。本当に感謝してるんだ」

「そんなこと……。晃のお父様が、私に機会を下さったから」

恥ずかしくなって映理がうつむくと、晃は優しく頬をなでて、彼女の顔を上げさせる。目が合うと、深い愛情がその視線からも伝わってくるようだ。

晃と映理の唇は、静かに穏やかに重ねられた。彼は再び強く、あくまで大事に、彼女の身体を抱きしめる。

「映理の控えめさは嫌いじゃないけど、今度ばかりは誇ってくれていい。最高の結婚式になったのは、映理のおかげだ」

「晃……」

何度も無理だと思った。

晃とともに歩める未来なんて、存在しないと思った。

でも今ふたりは、こうして抱き合うことができる。お互いの強い気持ちと、相手への思いやりが、ふたりを結びつけてくれたのだと思う。

「私も、ね。結婚式では、泣きそうだった」

映理は晃に微笑みかけ、照れながら続ける。

「晃が私のお腹にも誓いのキスをしてくれたとき、あぁ家族になったんだって、本当に感激したの」

「俺もだよ」

顔を見合わせて笑ったところで、赤ちゃんがお腹を蹴った。まるでふたりの会話を聞いていたみたいだ。

「晃、お腹を触ってみて」

映理がお願いすると、晃はお腹に頬をぴったりとくっつけ、胎動をしっかり感じ取ろうとするように目を閉じた。

「元気に動いてる」

晃はかすかにつぶやいたあと、赤ちゃんに向かって何事かささやいた。小さな声は映理には聞こえず、彼女は顔を上げた晃に尋ねる。

「なんて言ったの？」

「一緒に暮らせるのを、パパもママも待ってるからって」

晃が照れくさそうに答え、映理は笑顔でうなずく。

「うん、そうだね」

夫婦で赤ちゃんの誕生を心待ちにしていられる、この瞬間が何よりも幸せで、映理は溢れ出る多幸感を噛みしめるのだった。

エピローグ

「ふぇーっ、ふぇー」

ベビーベッドの中で泣く我が子を抱き上げ、映理は優しくあやしながら、胸元をはだけさせる。

「賢《けん》くんお腹空いちゃったのかなぁ、ちょっと待っててねぇ」

おっぱいを咥《くわ》えると、賢は勢いよく母乳を飲み始めた。自分の息子に自分の乳房からミルクをあげるたび、映理は絆が深まっていくように感じる。

賢が生まれたのは真夜中。時間こそ深夜になってしまったけれど、本格的な陣痛が始まってから出産するまで七時間という、順調なお産だった。

晃はずっと映理につきっきりで、出産にも立ち会ってくれた。賢が産声をあげたときは、喜びや安堵の想いが重なって、ぽろぽろ涙がこぼれたのを覚えている。

退院してからは、しばらく実家で母や久美の世話になっていた。親子水入らずの暮らしは懐かしくも穏やかで、悩み多き初心者ママとしては、ふたりの存在はものすごくありがたかった。

実家暮らしは心地よく、去りがたいあまりに、出国するときはちょっぴり泣いてしまったほど。でもそれは、晃の妻になったときから覚悟していたことだ。晃はあくまでパレスベイのＣＥＯ。いつまでも日本にとどまるというわけにはいかないのだ。

初めての子育て、新しい土地、しかも外国となれば、やはり不安にはなる。出発前は落ち込むこともあったけれど、実際にこちらへ来てからは、日本にいたとき以上に幸福な毎日を送っている。

その大きな理由は、晃だった。

以前から家事育児に協力的だった晃だが、ＣＥＯでありながら社内制度を活かし、二ヶ月も育児休暇を取得してくれたのだ。

「私は嬉しいけど、大丈夫なの？」

企業のトップがそんなことをしていいのか、映理は心配で尋ねたのだが、晃はにっこり笑って答えた。

「もちろん反対もあったよ。でも昔映理が言ってくれたみたいに、本音を言い合える雰囲気を作ってきたからね」

確かにそんな話をした記憶はある。今思えばＣＥＯに対して、なんと恐れ多いことを言っていたか。

「トップが率先して育休制度を使えば、社員も制度を使いやすくなる。俺の希望でもあるけど、経営戦略のひとつでもあるんだ」

働きやすさというのは、企業を選ぶ上でかなり重視するポイントだ。優秀な人材を雇用するためにも企業のビジョンを示す、ということらしかった。

でも晃は経営者の視点だけで、育児休暇を取ってくれたわけではない。

あくまで映理と賢のため、なのだ。

それは毎日の生活の中で、本当に実感している。

「映理、もうすぐ夕食できるけど」

寝室の扉が開き、エプロン姿の晃が顔を見せた。妊娠中も彼は随分と家事をしてくれていたけれど、育休を取ってからは専業主夫のように働いてくれている。

「ありがとう、晃。ミルクを飲んだら、賢も少しは寝てくれると思う」

「わかった」

映理は母乳を飲み終わった賢を抱き上げ、ゆっくりゆっくり背中をさする。

賢が落ち着いたのを確認して、映理はもう一度ベッドに寝かせた。オルゴールとともにベッドメリーを回すと、彼はすやすやと眠ってくれるのだ。

賢の瞼が閉じたのを見計らって、映理はそうっと寝室を出た。静かに扉を閉めると、晃が口の動きで「寝た？」と尋ねてくれる。

映理はこくんとうなずき、忍び足でＬＤＫに向かう。食卓の上には、魚介のトマトソースパスタ。そしてグリーンサラダが載せられている。

「ごめん、遅くなっちゃって」

「大丈夫。ちょうどいいくらいだよ」

向かい合わせで席に着き、映理は両手を合わせて「いただきます」と言った。

「うん、美味しい！　晃、また腕を上げたんじゃない？」

「本当？　隠し味にアンチョビペーストを入れてみたんだ」

晃はただ家事をするだけでなく、日々を楽しんでいる。料理も工夫を凝らすし、洗濯や掃除だって効率を考えながら、やり方をアップデートしているのだ。

「晃はすごいね。やっぱりＣＥＯになるような人は、器が違うのかな」

「そんなことないと思うけど。家事に専念するのは初めてだから、新鮮っていうのはあるかもしれない」

ふと晃は映理を見つめ、はにかみながら付け加える。

「でもそれより、映理や賢のために働いてるって実感があるから、楽しいんだろうな」

「晃は最高のパパだよ」

深い感謝の気持ちを込めて、映理は晃に笑いかける。彼もまた微笑み返してくれ、満ち足りた空気が漂う。

「映理だって、最高のママだ。ふたりで協力して賢の成長を見守れることが、めちゃくちゃ嬉しい」

ふたりで見つめ合っていると、まるで昔に戻ったような気がする。三人家族になった今をすごく幸せに感じているのに、あの頃のときめきも恋しくなるなんて、いつの間にこんな贅沢になってしまったんだろう。

「映理、今夜」

晃が言いかけたところで、賢のふぎゃふぎゃという泣き声が聞こえた。

「ごめん、ちょっと行ってくるね」

映理は慌ててスパゲッティを飲み込み、食事を中座して寝室に向かう。どうやらオムツを替えて欲しいようだ。

「あぅーっ、あー」

最近は少しずつ反応を見せてくれ、映理は賢の成長を感じている。ぷにぷにした両足をなでながら、いつものように話しかけた。

「賢くん、すぐ綺麗にしてあげるからねぇ」

オムツを外してお尻を拭いてあげると、賢は目尻に涙を溜めながらも泣き止んでくれる。新しいオムツをつけて、映理は彼を抱き上げた。

「よーしよし、スッキリしたかな？　よかったねぇ」

「映理、俺が見てるから。食事の続きしてきたら」

「うん、ありがとう」

晃が寝室に入ってきたので、映理は彼に賢を預けた。彼女はＬＤＫに向かうと、急いで食事を終えて後片付けを始める。

「俺がやったのに」

賢を抱いた晃が、ＬＤＫまでやってきた。映理が戻ってこないから、気になって来てくれたのだろう。

「いいのいいの。晃は食事を作ってくれたんだから、後片付けくらいやらせて」

ミルクをあげることもあり、賢とのスキンシップの機会は、やはり映理のほうが多くなる。晃にももっと賢と触れ合って欲しいし、彼もそれを望んでいるはずだ。

「いないいない、ばぁ」

晃が賢のお腹に顔をこすりつけ、パッと顔を上げる。賢はキャッキャッと笑い、その光景を見ているだけで胸が一杯になる。

特別なことなど何もない、ごく普通の日常が、こんなにも愛おしい。本当の幸せは、きっといつもの毎日に宿るのだろう。


賢の入浴を終え、眠ってしまったら、ひとときの静かな時間がやってくる。夜中にまたミルクを欲しがるのはわかっているけれど、一日で落ち着けるのは今くらいのものだ。

「晃、夕食のとき、何か言いかけてなかった?」

パジャマ姿でソファに並ぶと、映理は晃に話しかけた。バタバタしていて聞けなかったけれど、ずっと気になっていたのだ。

「いや、別に」

晃は気まずそうに目をそらすので、映理は彼の顔をのぞき込む。

「別にってこと、ないでしょ? なんでも相談し合おうって、約束したじゃない」

「本当に、なんでもないんだ」

とてもそうは思えない。映理は晃の腕に自分の腕を絡ませて、真剣に尋ねる。

「何か、悩み事？　私にできることある？」

晃は困った表情を浮かべ、恥ずかしそうにささやく。

「映理と、一緒に寝たい」

映理と晃はキングサイズのベッドで、毎日一緒に眠っている。だから、彼の言うのはつまり、そういうことなのだ。

「まだふたり目は早いって、わかってるけど。寂しくて、さ」

賢を授かるまで、晃はとても積極的だった。滾《たぎ》る欲望を隠さず、激しく赤裸々に、映理を求めてくれた。

父親になったからと言って、たちまちそれが消えるなんてことはないだろう。きっと晃は随分と我慢してくれていたのだ。

「もっと早く、教えてよ。私にはなんでも言ってって、言うくせに」

映理が晃をなじると、彼は眉尻を下げて苦笑いする。

「賢の世話で毎日へとへとの映理に、ワガママ言えないよ」

「ワガママなんかじゃないよ。私だって、寂しかったんだから」

映理は賢の母親だけれど、晃の妻でもある。

晃と愛し合うことは、映理にとっても必要不可欠なものなのだ。

「キス、してもいい？」

映理からそんな風に尋ねることは、これまで一度もなかった。晃はちょっと驚いたあと、甘い声で答えてくれる。

「いいよ」

唇が重なると、せき止めていた感情が溢れ出す。情熱的な口づけが、ふたりを父母から恋人にしてくれるのを感じていた。

あとがき

こんにちは、水十草《みずとくさ》です。

このたびは『勘違いパパの溺甘プロポーズ～シークレットベビーのママは私じゃありません！～』をお手にとっていただき、誠にありがとうございます。

今回はシークレットベビーものですが、内容はちょっぴり変則的なものになっております。アメリカが舞台のシーンがあったり、ヒーロー視点があったりと、私にとって初めてのチャレンジが多い作品になりました。

プロットの練り直しなど試行錯誤する中で、担当編集のK様には今回も多くの的射たアドバイスをいただき、本当にお世話になりました。また、イラストレーターのまりきち様にも、幸せいっぱいの華やかなイラストを描いていただき、特に洋輔がとっても可愛らしくて、思わず感嘆の声をあげてしまったほどです。

この作品を刊行するにあたり、関係者の皆様には多大なるご尽力をいただき、心より感謝申し上げます。

どうか、読者の皆様にお楽しみいただけますように。

マーマレード文庫

勘違いパパの溺甘プロポーズ
～シークレットベビーのママは私じゃありません！～

2022年4月15日　第1刷発行　定価はカバーに表示してあります

著者　水十 草　©KUSA MIZUTO 2022
発行人　鈴木幸辰
発行所　株式会社ハーパーコリンズ・ジャパン
東京都千代田区大手町1-5-1
電話　03-6269-2883（営業）
0570-008091（読者サービス係）
印刷・製本　中央精版印刷株式会社

Printed in Japan ©K.K. HarperCollins Japan 2022
ISBN-978-4-596-42842-4

m a r m a l a d e b u n k o